君だけのシネマ

高田由紀子 作
pon-marsh 絵

PHP

君だけのシネマ　目次

第1章　佐渡へ

1

「お願いだから、期末テストだけは受けてちょうだい」

母に何度も言われ、しぶしぶ保健室で中一最後のテストを終えた翌日、父にリビングへ呼ばれた。

「佐渡への転勤、決まりそうだ」

心臓が大きく鳴った。心の中で拳を握る。胸が高鳴るのを抑えられない。

（私も……お父さんについて行きたい！）

そう思ったとたん、ゆがんだ母の顔が浮かんだ。

父は、小学校の教師をしている。新潟県で採用されているため、父の実家のある佐渡が島も勤務地の中に入っている。独身の時に一度、佐渡で教師をしたことがあるけれど、結婚してから赴任したことはない。

長男なのに島に帰ろうとしなかったのは、佐渡の出身ではない母が行きたがらなかったからだ。

「お母さんは、こっちのおばあちゃんたちのお世話をしないといけないから、史織と新潟に残るって言ってるけど……」

母方の祖父母は、うちから車で三十分くらいの場所に住んでいる。糖尿病の祖父を看病していた祖母がリウマチになり、一人娘の母は祖父母の家に通って面倒を見ることが増えていた。

「……史織は、どうする？」

父が私に視線を向けた。

こちらの祖父母が大変な時期に佐渡に転勤なんて、ふつうなら父だけが単身赴任するものなのかもしれない。

でも、父が中学校へほとんど行けなくなった私のために、去年のうちに転勤願いを出してくれたことはわかっていた。

佐渡へ行きたい、転校したいと思いながら口に出せなかった私のために、父があえて

「どうする？」と聞いてくれていることも。

ドキドキしながら声をしぼり出す。

「私も……私も佐渡へ行きたい」

……言った。

言ってしまった。

「本当にいいのか？」

中二なんて中途半端な時期に転校なんて、ふつうだったらついて行かないだろう。小学校からずっと一緒だった同級生とも離れ、島に引っ越すなんて。

（でも、友だちなんて、もういないし）

心の中でつぶやく。

「大丈夫。お父さんに、ついて行きたい」

声が少しふるえた私を見て、父は強くうなずいた。

「……わかった。じゃあ、お母さんには、きちんと、話しておくから」

お母さん、という言葉を聞いたとたん、本当にここから遠い場所に逃げられるのかもしれないと、一瞬でも浮き立った気持ちが沈んでいく。

父は「きちんと」っていう言葉をゆっくり、はっきり言ってくれた。母が留守で二人きりの時間を選んで話してくれた。

中学受験に失敗し、友だちともうまくいかず、不登校気味の私に母がうんざりしてきている今なら、もしかして許してくれるかもしれない。

そんな都合のいい想像が一瞬頭をよぎったけど、すぐに打ち消した。

きっと無理だ。ううん、絶対に無理だ。あの母が、許すはずがない。

もしかしたら、佐渡へ行くことを許してくれても、母はついてくるかもしれない。

祖父母の面倒が見られなくなったとしても。

私を手放すはずが、ない。


夜、父と母は長い間話し合いをしているようだった。ベッドにもぐっても、まだリビングから二人の声が聞こえていた。何を言っているかはわからないけれど、大体想像がつく。

翌朝、リビングに行くと母が朝食を作っていて、休日はわりとゆっくり起床する父もすでにソファで新聞を読んでいた。

「おはようございます」

「おはよう」

抑揚のない声で挨拶を返した母の目の下に、くっきりと暗い影ができていた。

きっと、まただめだ。

ちらりと父を見る。目が合うと父は力強くうなずいた。

うそ……。もしかして……？

「史織、佐渡へ行ったら……本当に学校に通えそうなの？」

母の口調は、まるで何かにすがるようだった。

「私が学校に通う」という条件で、なんとか自分を納得させようとしているのが伝わってくる。

これは……賭けだ。

「うん。佐渡に行けば通えると思う……ううん、絶対、学校へ行く」

絶対、という部分に力をこめた。

「じゃあ……しかたないわね」

母は静かにため息をつくと、ガスの火をつけた。

……本当に？　信じられない。母が許すなんて。

「二年……二年だけよ」

期限つき、か。

母の目を一瞬だけ見て視線をそらした。こういう場合、何を言ってもむだなのは、十三年間一緒に暮らしてきてよくわかっているつもりだ。

でも、こんなにすんなり受け入れるなんて、もしかして、やっぱり母も佐渡へ一緒に行くつもりなのでは……。

「お母さんは、おじいちゃんたちの看病があるから、うちに残るわ。おばあちゃんが元気になったら、お母さんも佐渡へ行くかもしれないけど……。史織も受験の時はこっちの高校を受けて、もどってくるのよ」

私は大きくうなずくと「はい」と返事をした。

部屋にもどるとベッドに飛び込んだ。

やった……！

ふとんの上で足をバタバタさせた。こんな子どもっぽいことするのはいつ以来だろう。でも今は、そうせずにはいられない。

やった……！　やった、やった、やった！

今ごろになって、心臓が大きく鳴っているのに気がついた。

あの母が許すなんて。

私は、賭けに勝ったんだ。

今の母なら娘と一緒に暮らすことよりも、娘が学校に通うことを優先するだろうという賭けに。

私は両手の指を組み、佐渡で一人暮らしをしている大好きな祖母の顔を思い浮かべた。

どうか、お父さんの転勤が本当になりますように。

どうか、ここから離れることができますように。

2

母は私が小さいころからしつけに厳しく、教育熱心だった。小学校受験に失敗し、地元の小学校に入学するのと同時に、新しい塾へ入れられた。

荒れた学校に赴任し多忙だった父は、家にいることがほとんどなく、私のことは母にまかせきりだった。

　小四になる前の春休み、中学校受験専門のクラスに入れられそうになった私は、初めて本気で母に反抗した。

「私、中学校受験なんてしたくない！　アミたちと一緒の地元の中学校がいい！」

　母は私をぶった。

　思い出すだけで、頬が熱くなる。キーンと耳鳴りがしたこともよく覚えている。

「世の中には塾に通えない子だってたくさんいるの！　史織は習い事もたくさんさせてもらって、月謝の高い進学塾にも行かせてもらって、ありがたいって思わないの？　自分のことなのよ。もう学歴は関係ないなんて言われているけど、やっぱり学歴がある方が史織の未来の選択肢が広がるのよ！」

　それから何度お願いしても、呪いのように同じ言葉を繰り返されるだけで、私は受験専門のクラスに入れられた。

　実力テストの結果でクラスは上中下に分けられ、県内トップの中学の合格判定に母はいつもピリピリしていた。

「まあまあ良かったわね……。ああ、でも、なんでこんなとこミスるかな」

母は私が間違えた問題を見ると、いつもペンでパシッパシッと用紙をたたいた。

どこまでやったら、母は満足するのだろう。特に好きでもなかったピアノと習字の方が、まだましだったけど、それもやめさせられた。

（なんで、がんばったって言ってくれないの？）

――お母さんのためにがんばってるんじゃないでしょ。自分のためでしょ。

口ごたえしようと思っても、母が言い返してくる言葉が頭に浮かぶから、もう私はだまってうなずくしかなかった。反抗するとねじ伏せるまで反撃してくる母に対応するよりも、だまってうなずく方が楽だとわかったからだ。

勉強はいつまでたっても好きになれなかった。でも、母の攻撃を受けるよりはいい。とりあえず勉強さえしておけば、その間は何も言われない。

仲のいいアミたちと学校でおしゃべりしている時が、一番楽しかった。でも、受験がせまった小六の冬休み、母が突然宣言した。

「一月からは、小学校を休みなさい」

「なんで？　もし合格したら、もうみんなに会えないんだよ！」

腹の底から今まで抑えていた怒りがわき上がってきた。

「どうして……どうしてお母さんがそんなことまで勝手に決めるんだよっ！」

「親にその言葉遣いは何？　史織は受験に集中するの！　もう学校の勉強の範囲なんてとっくに理解しているし、行く必要ないのよ。今、必要なのは受験前の追い込みでしょう！　この一カ月の努力で、将来が決まるのよ。レベルの高い生徒と一緒にレベルの高い教育が受けられるのよ！　史織のために言ってるの！」

心底、がっかりした。

でも、思った。今まで六年間、いや、幼稚園の時から数えると九年間、ずっと耐えてきたものを、この一カ月でむだにしてしまうわけにはいかない、と。

もう、ここでおしまいにしたい。母にはもう、合格することしか見えていない。

でも……もし、失敗したら、母はどうなるのだろう。

そして、私は……。

そこから母と夕食を食べる時は、なるべく少なくすぐに食べ終わる量にした。テレビも見ない、学校にも行かない。塾以外に出かけることもない。だったら、もうしゃべることもない。

「炭水化物が多いと眠くなるから」

母はその理由に納得したみたいだった。でも本当は母が留守の時にコンビニで菓子パンやスナック菓子を買い食いした。ゴミはばれないように塾に行く途中にあるコンビニのごみ箱に捨てた。

そんなある日、コンビニを出るとアミに会った。

「史織……受験があるから、学校に来ないの？」

はっきり聞いてくるアミに、何も返せない。

「六年生を送る会も来なかったの、史織だけだったよ」

私もそれだけは行きたいと懇願したのに、母は「体育館に全校生徒と保護者まで集まるのよ。今、学校でインフルエンザがはやってるのに、うつされたらどうするの」と、絶対に首を縦にふらなかった。

「私も行きたかったけど……お母さんが許してくれなくて」

ぼそっと言うと、アミがこれから正しいことを言いますよ、という目つきで私を見た。

「なんかさ、いくら受験でも学校来ないのって、さみしくない？　言えばいいじゃん。

学校行きたいって」

そのひとことでカッと体が熱くなった。

……言って聞いてくれるような親じゃないんだよ。

何も知らないで、勝手なこと、言わないでよ！

気がつくと、目に力を込めてアミをにらんでいた。

私だってやりたくてやってるわけじゃないのに……！

「史織、怖いよ。史織に会いたいから言っただけなんだよ」

アミがわけわからない、という表情をした。

「……るせえんだよっ！」

自分でも驚くくらい、低くて鋭い声が出た。


結局、私は受験に失敗した。

わからない問題があると、体がふるえだし、涙があふれてきた。

（どうしようどうしよう。落ちたら、終わりだ）

母はどうなるのだろう。

そして、私は……。


地元の中学校では、アミと同じクラスになった。

アミはクラスの中心にいて、もう、だれも私と話そうとはしなかった。

母はしばらく落ち込んでいたけれど、一学期の成績を見たとたん、また夏期講習を申し込もうとした。

私は、学校へ行く日が少しずつ減り、体重も減っていった。

やせ続け、母がいくら口やかましく言っても学校へ行けなくなった私に、父はようやく向き合ってくれた。

父は今まで、母のしつけの厳しさを時々たしなめてくれていたけれど、勉強に関しては忙しすぎて母にまかせきりだったことを謝った。

「私も……受験に合格すれば、お母さんも落ち着いてくれると思ってた。だけど」

合格しなかった時のことは、考えられなかった。考えたくもなかった。

でも私は、考えたくもなかった未来に、一人でほうりだされていた。

3

願いどおり、父は佐渡へ転勤が決まった。

そして三月最終日の今日、父と私は今まで住んでいたマンションから引っ越すことになった。

新潟から佐渡島までは船しか移動手段がない。

高速船は海が荒れて欠航になっていたけれど、私たちが乗るカーフェリーは出航することがわかり、ほっとした。

「史織、今日は船に乗ったらすぐに寝るんだ。絶対に起き上がっちゃだめだぞ」

「う、うん」

少ない乗客はみんなカーペット敷きの客室で毛布にくるまり横になっていた。

父が忠告してくれたのに、寒さのせいかどうしてもトイレに行きたくなって立ち上がったのがまずかった。今までは海が穏やかな夏にしか遊びに来たことがなかったから、少しなめていたのだ。荒れた海のすさまじさを。

空には灰色の厚い雲がたれ込め、鉛色の海面から煙のように舞い上がった白い波しぶきが「ザザアアアッ」と窓ガラスに打ち付ける。

水平線は、窓の下枠すれすれに見えたかと思うと、「ギーーッ」という低い音とともに上枠ギリギリまで移動した。

……ガガガ、ダッダーン！

船体が大波にぶつかり、乗り上げ、体全体に衝撃がはしる。強い力に押されたように前のめりになり、あわてて手すりにつかまった。内臓がぐうっとせり上がり、どこかに浮いたままもどってこない。

転覆するんじゃないの……？

窓の向こうの鉛色の海から上がる波しぶきは、外の通路の手すりを乗り越えてくる。

波はまるで生きていて、海の底から怒りを爆発させているかのように、一向に穏やかになる気配がない。

でも、海が荒れれば荒れるほど、何かが断ち切れる気がした。

――もっと、もっと怒れ。荒れくるえ。

新潟市方面は、もう当然影も見えない。

母との距離が離れていく。

トイレに行き客室にもどったとたん、気持ち悪くなって急いで横になった。二時間半で佐渡の両津港に到着する予定が波のせいでなかなか着岸できず、下船したのは新潟港を出て三時間近く過ぎてからだった。

「………史織、しーおーり」

遠くから聞こえるような父の声で目をさます。ぼんやりと目を開けると、私たちを乗せたミニバンが大きなカーブを曲がり、窓の向こうに灰色の海が見下ろせた。

白い波がいくつも立って、岸辺の岩に打ち寄せている。

「わあ、また海が見えたー」などとはしゃぐようなのどかさは一切ない。

「どうだ、気分は？」

「うーん、まだサイアク」

意識がはっきりしてくると、また胃のあたりがぐっと重くなった。

「今日の海は、荒れてたからなあ。欠航にならなくて良かったけど。そうしたら家に逆もどりしないといけなかったもんなあ」

父はそう言いながらも全然平気そうだ。

「ほら、もう京町が見えてきたぞ」

今度は体をしっかりと起こす。フロントガラスの向こうに、両脇に古い民家が建ち並ぶ、細くてゆるやかな坂が見えた。


【京町通り】


赤褐色の焼きもので作られた角柱に、町名がきざまれている。木造の民家をいくつか通りすぎると、坂の途中の左手に灰色のブロック塀が見えてきた。塀の上を縁取るようにツタがからまっている。

あのブロック塀の中に、祖母の住む家がある。

なつかしいような、でもまったく新しい土地に来たような、不思議な感覚が胸に押し寄せてきた。

「よーし、到着。『さっこちゃん』、お待ちかねだぞ」

父はブロック塀から道をはさんで斜め向かい側の砂利の駐車場に車を停めた。

私は佐渡の祖母をさっこちゃんと呼んでいる。小さいころ、とても若々しいさっこちゃんをおばあちゃんと呼ぶのがいやだったから、親戚の人たちが「咲子」を「さっこ」と呼んでいたのをまねした。

車の外で「おーい」と声がした。窓の外をのぞくと、さっこちゃんが手をふっている。

「さっこちゃん！」

すばやくドアを開けて外に出ると、冷たい空気で頬が引きしまった。

「史織、おつかれさま～」

さっこちゃんが笑顔で両手を広げてきた。さっこちゃんは優しく私をハグすると、まぶしそうな顔をした。

「わあ、大きくなっちゃって。もう、背が追い抜かれたね」

さっこちゃんのはずむような声から、本当に歓迎してくれているのが伝わってきてほっとした。

後ろですっきりと一つにまとめた髪と、茶色いフレームのメガネ、赤いタートルネックのセーターが小さな顔のさっこちゃんのトレードマークだ。前に会ったのは、祖父が亡くなった時だから、二年前だったっけ。

変わらないなあ。ううん、むしろ若返った気がする。六十歳を過ぎているようにはとても見えない。

「母さん、久しぶり」

父がぼそっと言った。

「洋史もおつかれさん。ごめんね、今日は迎えに行けなくて」

「いやいや、今年はただでさえ忙しいのに、おれたちまで引っ越してきて悪いね」

「何言っとるの。大歓迎だよ。あ、史織、荷物持つよ」

「だ、大丈夫だよ」

「いいからいいから、どうせそこまでだけどさ」

さっこちゃんの手がさっと私のスーツケースに伸びてくる。白くて細い指の節にところどころあかぎれができて、手の甲もカサカサになっている。でも、お気に入りだと言っていた銀色の華奢なデザインの指輪は、相変わらず薬指に光っていて、とても似合っていた。

京町通りに、父と私のスーツケースの音だけが響く。

カラスが大きく一声鳴くと、電線から飛びたっていった。その羽ばたきの音まで聞こえるくらい、通りは静かだ。

来たばかりの道を振り返る。夕暮れに近づいた通りは、黒い木の格子のある家も、白

い桜草が玄関の脇のプランターにひっそりと咲いているトタン屋根の家も、すべてがベージュのぼんやりとした空気に包まれていた。

もしかしてだれも住んでいないんじゃ……？

そう思ったとたん、背後に視線を感じた。

だ、だれか見てる？

振り返っても、だれもいない。体がゾクリとした。

「史織ー、どうしたの？　寒いから、早くおいでよ」

急いで向かうと、レトロな緑色に塗られた木の門が目に飛び込んできた。

「あれっ、これって緑色じゃなかったよね？」

立ち止まって門に触れた。

「そう、先週、塗ったばかりなの」

「さっこちゃんが？　自分で？」

「そうだよ」

「うわあ……かわいい色」

門を入った左手の小さな庭も、以前よりきれいに手入れされ、池の周りを縁取るように白くて大きな木が置かれていた。

「これ……もしかして流木？　前はなかったよね？」

「そう。海で拾ってきたんだ」

さらっと答えるさっこちゃんに、父が「すごいな」と苦笑する。

瓦屋根だけは相変わらずだけど、縁側の大きなガラス戸の木枠もかわいい緑色に塗られ、その向こうに黒いカーテンが見えた。

「あれっ、もしかして暗幕か？」

「そう！　よくわかったね」

「母さん、本気なんだなあ……」

父が深く息をつくと「冗談だと思っとった？」と、さっこちゃんがコロコロと笑った。

「本当に、やるんだ。映画館」

さっこちゃんはうすい唇をキュッと上げて答えた。

「うん。やるよ」

佐渡島には、映画館がない。

時々、イベント的にコミュニティーホールなどで話題の映画や子ども向けのアニメを上映することはあっても、数少ない日程しかない。自分の見たい映画を映画館で見たかったら、船に乗って新潟まで行かなければならない。

もともと映画が好きだったさっこちゃんは、祖父が亡くなったあと、残された二間の和室を改築して「小さな映画館を始める」と決めたらしい。

自分が佐渡に引っ越すこと自体がまだ信じられないのに、夏休みに何回か遊びに来ていた祖父母の家が映画館になるというのはもっと想像がつかなかった。

正直、こんな場所でお客さんが集まるとは思えない。

でも、様変わりした古い家を見ると、さっこちゃんの本気が伝わってくる。

両手を口へ持っていくと、煙のような息が指からもれた。

「わっ、本当に寒くなってきた。またあしたからいくらでも見られるから、今日は中に入ろうよ」とさっこちゃんがスーツケースに手をかけた。

玄関に続く石畳を踏みながら軒下に入ろうとすると、うすい灰色の空から綿毛のような雪が降ってきた。

玄関の木戸がガタガタと鳴り、先に入ったさっこちゃんが門の電気をつける。大きい雫のような形をした門灯にやわらかなオレンジ色がともり、左手の漆喰の壁にはめられた丸窓に光が反射した。

二階に用意してもらった私の部屋は、夏休みに遊びに来た時にいつも泊まっていた五畳の和室だった。さっこちゃんがもうふとんを敷いてくれている。

ふとんに大の字になると、さっこちゃんちのにおいがした。

まだ体が船の中にいて波に激しく揺られている気がする。地震じゃないよね、と蛍光灯についているひもを見て確かめた。

大きく深呼吸すると、突然、家の電話が鳴った。

思わず体がビクッとなる。

(もしかして、お母さんから……?)

しばらくしても名前を呼ばれなかったから、胸をなでおろした。

それでも耳をすまし、部屋の入り口のふすまを見る。

もう、勝手に母が入ってきて、文句を言うことはないのだ。

手足を思いきり伸ばし、ふとんの上を何度もゴロゴロした。

「ははっ。あはははっ」
私、笑ってる。
ふつうなら、こんな時、少しは母と離れてさみしいって思うはずなのに。
私って、やっぱり「薄情」なんだろうか。
マンションを出る前に母が私に向けた言葉を思い出すと、笑いが止まった。
……私って、ふつうじゃないんだろうか。

第2章 瑛太

1

目覚まし時計の音でうっすらと目を開けた。
チチッチュー、チチッ。
あれ？　鳥が鳴いてる……？　そうだ、佐渡に引っ越してきたんだった。
その事実に気がつくと、眠気がふっ飛んでいった。

――今日がまた始まってしまった。

もう、そんなふうに思わなくてすむかもしれない。

ひんやりした階段を降りてリビングの扉を開けると、コーヒーの香りがした。

「史織、おはよう」

ほわっとあたたかい空気に包まれる。さっこちゃんがストーブをつけてくれていた。

さっこちゃんに「史織も飲む？　オーガニックコーヒーだよ」とすすめられたので、うなずいた。

「『コーヒー・森の中』っていうお店のコーヒーでね、本当に島の森の中にお店があるんだけど、平日でもけっこうお客さんが来とるんだよ」

ミルクとお砂糖を入れて、ふーっとしてから一口飲む。

「カフェコーナーのメインになるコーヒー、いろいろ迷っとったけど、ここのにしようと思っとるんだ。やっぱり佐渡のお店のものをなるべく使いたいしね」

「うん、これ、おいしいよ」

もう一口飲んだ。体の中にあたたかさがしみていく。

「今日はとにかく、引っ越しの荷物の整理だね。お父さんも起こさなくちゃ」

さっこちゃんが「やれやれ」、という感じで肩をすくめたから「あ、私が」と立ち上がると階段をダダッと降りる音がして、父がドアを開けた。

「お……はよーございます」

寝ぐせのついたまま、かしこまっておじぎをする。

「お・そ・い！」

「はい、すみません。あしたからがんばります」

「もう、今日は新しい学校へ挨拶に行くのに、緊張感がないねえ」

父が寝ぐせをなでつけながら頭を下げた。


朝食後、裏口に置きっぱなしだった段ボールのみかん箱を二階の部屋へ一緒に運ぶと、父は仕事へ出かけていった。

「史織、まだ今日も荷物、届くんだよね？」

部屋で箱を開けようとすると、さっこちゃんが聞いてきた。

「うん。届く予定。でもそれはお父さんのだから」

「えっ、史織の荷物、これだけなの？」

さっこちゃんは、たった四つだけの箱を眺めて目を丸くした。

「そうだよ」

「またあとから送ってもらうとか？」

「ううん、これで本当に全部」

言いきってしまうと、小学校の卒業アルバムが頭をよぎった。たった一年前にもらったばかりなのに、表紙がどんな色だったかもぼんやりとしている。でも、みんなが寄せ書きをし合うページの白さだけが目に焼きついていた。

だれにも書いてもらわず、お願いもされなかった。捨てることはできなかったけど、もう見ることもないだろうから、新潟の家に置いてきた。

箱を開ける。いちおう、中一の時の教科書とノートと文房具、数着の洋服、下着、パジャマ、あとは数冊の本だけだった。

「ぬ、ぬいぐるみとかは？」

「もう中二だし」

「えーっと、アイドルのポスターとかは？」

「アイドル……興味ないし」

さっこちゃんはしばらくみかん箱と私との間で視線を行ったり来たりさせると「これなら手伝いは必要なさそうだね」と笑った。

本当にあっという間に荷物の整理が終わり、階段を降りると「史織ー、おいでー」と和室の方からさっこちゃんの声がした。

急いで和室に向かうと、ふすまがはずされ、ミニシアターに様変わりした六畳と八畳の二間が見渡せた。

「うわあ……すごーいっ！」

西側の壁に大きなスクリーンがかかっていた。

古い畳はピンクがかった色の板張りの床に変わり、お客さん用のいろんな形のいすや、木のソファが並べられている。

「あれ？　一番前の列って……」

「ああ、座椅子にしたの。家で見るような感じがしてくつろげるかなーって」

さっこちゃんはふふっと笑った。

「へえ～映画館で座椅子かあ」

スクリーンの前に五つ並べられた座椅子の背中は、今か今かと上映を待っているように見える。

「スピーカー、たんすの上に置いちゃってるの？」

スクリーンの左右には、もともと和室にあった赤茶色の和だんすが置かれ、その上にスピーカーがのせられていた。

「そうそう、あの和だんすの高さが音響にちょうどいいんだっちゃ」

さっこちゃんはまじめな顔でうなずいた。

柱や長押や欄間、天井板は和室だったころの木をそのまま活かしている。

教室をぎゅっと小さくしたくらいの大きさしかないけど、リラックスして映画を見たり、お茶を飲んだりできそうだ。

「さっこちゃん、すごくいいね！」

「本当？　うれしい」

「私、今までふつうの大きい映画館しか行ったことなかったけど、こんな感じでも映画が見られるんだ」

「うん。ミニシアターは自由よ」

さっこちゃんは縁側にかけていた暗幕を開けた。ミニシアターに庭からの光があふれる。

「上映が終わったら、こうやって庭も楽しんでもらおうと思っとるんだ」

「うん、最高!」

きのう雪が降っていた庭は、今日は春らしい日差しをあびている。

「もう、こんなに準備が進んでたんだ」

「もうすぐオープンだからねえ。でもまだまだやらなきゃいけないことがたくさんあるんだよ」

「ごめんね。こんな忙しい時に、引っ越してきちゃって……」

急に申し訳ない気持ちがあふれてきた。

「謝るのは早いよー。史織にはどんどん手伝ってもらうつもりなんだから」

さっこちゃんはふっふっふ、と笑った。

「荷物も片付いたみたいだし、さっそく午後はお願いしていいかな?」

「うん」

即答する。父にも、おばあちゃんにはお世話になるんだから、できる限り手伝おうと言われているし。

「ありがとね。そうそう、今日は他にも開店準備のお手伝いさんが来てくれるから」

「さっこちゃんの友だち？」

さっこちゃんは「会ってからのお楽しみ」と笑みを浮かべた。


昼食を食べてしばらくすると玄関のインターホンが鳴った。

「あ、来たみたい。史織もおいで」

さっこちゃんについて、玄関に向かう。

「いらっしゃーい。いつもごめんね」

戸を開けたさっこちゃんの向こうに、背の高い男の子が見えた。

……えっ男の子？　高校生かな……？

「あ、全然、大丈夫です」

まだ声変わり一歩手前のような声。うそ、もしかして、中学生とか？

男の子は、前髪の間から大きいけどすっきりした目で私を見た。

パーカーにジーンズっていうふつうのかっこうだけど、すらっとしているのに肩幅があって、スニーカーが似合っている。

だ、だれ⁉

「史織、覚えてる？　親戚の桐谷瑛太くん」

えっ、親戚？

首をかしげると、男の子は「どーも」と軽い調子で言ってポケットに手をつっ込んだ。

「瑛太くんはね、下町の海の近くに住んどる私のいとこの孫なんだよ」

「そうなの？」

「小さいころ、史織も会ったことがあるんだけど……やっぱり覚えとらんか」

全然、覚えてない。っていうか、覚えてたって、こんなにデカくなってたらわかるわけがない。

「瑛太くんは、史織のこと覚えとるんだって」

「えーっ？」

記憶をたどろうとすると、男の子がぼそっとつぶやいた。

「つくし」

「えっ」

「つくし食べて泣いとった」

「ええっ？」

「史織が小さい時にね、瑛太くんが『つくしって食べられるんだぞ』っておひたしを食べたのを見てね、史織はそのあと道にはえてたつくしをそのまま食べちゃったんだよ」

さっこちゃんがこらえきれず吹き出すと、男の子がニッと笑って私を見た。

「……つくし、うまかった？」

「そっ、そんなの覚えてないよ」

顔が真っ赤になるのが自分でもわかった。

何、こいつーっ。そんな昔の話、いきなり持ち出さなくてもいいじゃん！

私がムッとしているのに気づいたのか、さっこちゃんが話題を変えた。

「『瑛太は映画が好きだからなんでも手伝わせてやってくれ』って瑛太くんのおじいちゃんが言ってくれてね。人手が足りないから、本当に助かっとるんだ」

男の子は、いえいえというふうに首をふった。

何よ、さっこちゃんにはいい子ぶっちゃって。

「今日は、瑛太くんのおじいちゃんがやっていた洋食屋さんにいすをもらいに行くから、瑛太くんにもお願いしておいたんだ」

「いす？　映画館に使うの？」

「そう。まだシネマのいすが少し足りないからどうしようかなと思ってたら、去年の夏でお店をたたんだから持ってってくれって言ってくれたんだよ」

うなずくと、さっこちゃんがエプロンをはずした。

「じゃ、瑛太くんも来てくれたことだし、さっそく行こうか」

2

きのう、新潟から乗ってきたミニバンに乗り込む。さっこちゃんはどんな車でも運転できるらしい。助手席に私、桐谷くんは後ろの席に座った。さっこちゃんはふだん乗っている車よりかなり大きいはずなのにすいすいとせまい京町通りを下っていく。

「そうそう、瑛太くん、部活って何があるんだっけ？」

「えーっと、運動部は野球とサッカーと……」

「あのう……それって女子も入れるのかな？」

さっこちゃんが笑ってつっ込む。

「あ、すいません。えーっと女子は……バレーとバスケ」

「それだけ？」

思わずつぶやく。

「人数少ねえもん。これ以上増やしたら、部員が足りなくなるし」

……そ、それもそうか。

前の学校では、いちおう美術部に在籍していたけど、参加したのは最初の二カ月くらいだった。別に絵を描くのが好きだったわけじゃない。運動も、団体で何かやるのもパスしたかったから、消去法で残っただけだ。

さっこちゃんは私のために部活のことを聞いてくれたみたいだけど、正直、新しい中学校でも入らずにすめばいいいと思っている。

「瑛太くんは、何部なんだっけ？」

さっこちゃんがたずねると、桐谷くんは即答した。

「芸術部っす。時々、運動部の助っ人もしてますけど……」

（えーっ？　芸術部？）

口には出さないけど、びっくりした。バックミラー越しにちらっと桐谷くんを見る。どう見ても、ゲイジュツより体育会系、って感じなのに。

「まあ、何も在籍しないのはだめってことで、籍置いてるだけですけどね」

「そっか。瑛太くんは、映画を見るのに忙しいんだもんね」

さっこちゃんがくすっと笑った。

「本当は一日一本見たいんですけど、なかなか……」

「一日、一本？」

思わず声が大きくなった。

「土日は二本見る時もあるよ。レンタルだけど」

「えーっ」

映画好きの人って、そんなに見るの？

私なんて、映画館に足を運んだのは、ヒットしたアニメを見に行った時くらいで、今までに十回もなかったと思う。家では勉強ばかりで、レンタルしたこともほとんどない。

「なあ、あっちの中学でなんか部活やっとった？」

桐谷くんが後部座席から身を乗り出して聞いてきた。

「……美術部だけど」

「マジで？　よっしゃ。だったらこっちでも芸術部に入ってよ」

「なんで？」

「人数少ねえんだもん。一年が入らなかったら廃部の危機ってやつ」

「廃部になっても、スポーツなんでもできそうだからいいじゃん」

「やだよ。おれは映画見るの優先だから」

「さすが瑛一さんの孫だねえ」

さっこちゃんが笑う。

「オーナー、ミニシアターの名前、決まったんですか？」

桐谷くんが声をはずませてさっこちゃんに聞いた。

「もう、オーナーって呼ばないで、はずかしいから」

さっこちゃんが顔を赤くする。

「決まったよ」

「えっ、なんですか？　教えてくださいっ」

さっこちゃんは目をきらっとさせた。

「風のシネマ」

「へえ……『風のシネマ』かぁ……。いいですね！」

「風間の風、でしょ。それに映画を見てくれた人の中に、何か風が吹きますようにって願いを込めたんだ」

「いいね……いい名前だね」

私は「風のシネマ、風のシネマ……」と心の中で繰り返した。

「じゃあ、最初の上映も決まりましたか？」

桐谷くんが聞くと、さっこちゃんがうなずいた。

「『人生フルーツ』」

「ええっ『人生フルーツ』？」

「知らない……かな？」

「あっ、いえっ、もちろん知ってます！　キネマ旬報の文化映画部門の一位になったドキュメンタリーですよね」

桐谷くんの声が上ずる。キネマじゅんぽーって、なんだろ？

「さすが瑛太くん。あのね、史織、『人生フルーツ』って九十歳の建築家のおじいちゃんと八十七歳のおばあちゃんの暮らしを追った映画なんだけど、暮らし方や考え方がすごくステキなのよ」

さっこちゃんの声に熱がこもる。

「きっと『風のシネマ』は、最初はシニアの人たちがたくさん足を運んでくれると思うんだ。だから、一回目はどうしてもこの作品にしたかったんだよ。瑛太くんの期待していたものとは違うかもしれんけど……」

「はい……あ、いえっ。すごくいいと思います！」

桐谷くんは首を大きく横にふった。

「わ、そう言ってくれるとうれしい。瑛太くんはミニシアター系の映画も好きなんだよね？」

「はい。どっちかっていうと、メジャーなのより、好きです」

ミニシアター系？　メジャーより好き？

うーん。映画の会話には、さっぱりついていけない。

そういえば、さっこちゃんが映画好きというのは知っていたけど、こんなふうに映画のことを語るのをあまり聞いたことがなかった。夏休みに遊びに来た時は、いつも海に連れて行ってくれたり祭りに連れて行ってくれたり、おいしい料理を作ってくれたりしていたけれど。

小さいころ、雨が続いて退屈していた時に、さっこちゃんが映画を見せてくれたことがあった。布で目隠しされた戸棚に、たくさんのDVDやビデオテープが並んでいて、びっくりしたっけ。

DVDやビデオテープのカバーには、きれいな外国の女の人がプリントされていたり、白黒のものもあったりして、見ていて飽きなかった。

戸棚から次々と出して並べていると、母が来て猛烈に怒られ、さっこちゃんがかばってくれた。

「いいんだよ。史織は、何も悪いことしてないよ」

「いいえ、よその家でこんなことしていいと思ったら困りますから」

母は私には厳しかったけど、さっこちゃんのことを悪く言ったり、ケンカしたりしたのを見たことはない。でも、あの時だけは二人の間に今までとは違う空気が流れたのを感じた。

私は、ただわんわん泣いた。泣けばどうにかなると、あの時はまだ無邪気に信じていた。

第3章　いす

1

ミニバンは下町を通り、海岸線に出た。今日の海はきのうとはうって変わって穏やかで、波も立っていない。ウミネコが気持ちよさそうに飛んでいる。空はうす曇りだけど、海はチラチラと静かに光っていた。

白茶けた木造の古い家が続き、カーブを曲がるとレンガふうの白い壁に木枠のかわいい窓がある建物が見えた。入り口の上には「洋食＆喫茶　きりたに」という木の大きな看板がかかったままだ。

車を降りると、ザーン……という波の音が聞こえ、潮のにおいがした。

さっこちゃんがチャイムを押すと、花柄のエプロンをつけたおばあちゃんが出てきた。

「りょうちゃん、おじゃまします」

「さっこさん、どうも。お世話さま」

おばあちゃんが私を見てにっこりした。化粧っ気がないけど、ふっくらした頬にえくぼができて、ほっとする笑顔だった。

「こんにちは」

ぺこっと頭を下げると、りょうさんは目じりを下げた。

「わあ、史織ちゃん？　大きくなって。すっかりお姉さんだねえ。瑛太、同じクラスになるんだから、いろいろ教えてあげるんだよ」

「ハイハイ」

桐谷くんは軽く受け流すと、中に入った。

海の見える大きな窓から春の日差しがさし込んでいる。大きな茶色い木のテーブルが六つ置いてあり、奥にカウンターが見えた。天井は、梁がむき出しになっている。

「うちの父ちゃんの調子がイマイチになっちゃって、後片付けが進まなくてね」

南の国を思わせる観葉植物は少し元気がないけれど、壁にはメニュー表が貼りっぱなしになっていて、今でもそのまま営業ができそうなくらいきれいだった。

「ああ、ここに座って食べる瑛一さんのハンバーグ、おいしかったなあ」

さっこちゃんはカウンターの前に立つと、なつかしそうに言った。

「史織、私はね、瑛太くんのおじいちゃんの影響で映画を好きになったんだよ」

「ほんと、うちの父ちゃんは映画バカでね」

りょうさんが苦笑して、カウンターの奥を指差した。傘を差した三人が楽しそうに踊っている洋画のポスターが額に入れて飾られている。

「SINGIN' IN THE RAIN……？」

「『雨に唄えば』っていう、アメリカのミュージカル映画だよ」

その隣にはすごく大きなテレビが置いてあった。

「お店が休みの日には、映画好きな連中が集まって、よくここで見てたんだよ。島に映画館がなくなってからは特にね」

りょうさんがカウンターの下のいすに手をかけた。

「使えるいすがあったら、遠慮なく持っていって」

店内を見渡す。ひじかけつきの茶色の革張りの大きないすもあれば、レトロな緑色のかわいいいすもある。でも、私は座面が白と赤い千鳥格子の布で覆われた丸いいすに引きつけられた。

「うちも最初はいろんなところからもらったから、ちぐはぐなんだけど」

さっこちゃんはりょうさんの言葉にうなずきながら、いつも座っていたレトロな緑色のかわいいいすと目線を合わせるようにしゃがみ込んだ。そして、宝物にでもさわるようにいすをなでた。

「これ……『風のシネマ』の雰囲気にぴったり」とつぶやいている。

「おれ、このいす、おすすめです」

桐谷くんが両手を置いたいすを見る。シートがあせたブルーに小さくアヒルの刺繍が入った布で覆われたいすが二脚あった。

「えっ？　これっ？」

思わずつっ込む。

「……かわいいだろ」

桐谷くんが頬をかきながら言った。

「わあ、本当にかわいい。こんな布地のいす、めずらしいわ」

「それ、瑛太の小さい時からのお気に入りのいすだったよね。よくそこに父ちゃんと座って映画見とったなあ」

りょうさんがなつかしそうな顔をする。

「うん、これいいね！　二脚ともいただいていいのかな？」

「どうぞどうぞ」

桐谷くんが「よしっ」とつぶやく。

「史織は？」

さっこちゃんが私の目をのぞくように聞いてきた。

「え……私？」

「何か気に入ったの、ある？」

さっこちゃんはふつうに聞いてきただけなのに、なぜか心臓が早鐘を打つようにドキドキし始めた。

「えっと……どれもいいと思う」

さっと答えると、いすを離れて窓際に向かった。

「史織、良かったら一脚、選んでほしいな。無理にとは言わんけど」

「どうして？　さっこちゃんが選べばいいよ。運ぶのは手伝うから」

思わずムキになって言い返してしまった。

さっこちゃんはちょっと驚いた表情をしたけど、穏やかに続けた。

「あのね。史織専用のいすがほしいな、って思っとったんだ」

「私……専用？」

「そう。月に一回、次の上映作品の試写会をするから、その時に興味がある作品があれば私と一緒に見てほしいなと思っとるんだ。史織が一番落ち着く場所で、いすに座って一緒に見ようかなって」

さっこちゃんがほほえんだ。

……そんなこと考えてくれてたんだ。

私はいすの場所にもどった。

さっきから赤の千鳥格子のいすが気になっていた。

でも、たぶんさっこちゃんが選びそうな緑色のいすや、もうシネマに置いてある木のソファとは全然テイストが違う。

——ほんと、史織はセンスないんだから。

突然、母の声が頭に響いた。
（お母さんだったら、どれを選ぶだろう）
私は赤い千鳥格子のいすから離れて、キャメル色の革のソファへ向かった。
――それなら、いいんじゃない。高級そうで品もいいし。
心の中で母が答えた気がした。
（うん、こっちにした方がいいよね。そうだよね。うん）
母の顔色をうかがうように、自分に言い聞かせる。
でも、私が選ばなかったら、あの赤い千鳥格子のいすはどうなるんだろう。
「史織、その革のいすがいいの？」
さっこちゃんが首をかしげた。
「えっ、あ……」
もう一度キャメル色の革のソファを見る。このいすを選ぶのが「正解」な気がした。
（どう思う？）
心の中で母に聞く。
（ねえ、教えてよ）

これなら……怒らないよね？

「あの、これで」

私が革のソファに手をかけると、さっこちゃんがやわらかい声で言った。

「あの赤い千鳥格子のいすの方が気に入ったんじゃないの？　選ばなくてもいいから、史織が一番気に入ったのを教えて」

「でも……私、センスないから」

さっこちゃんは小さく首をふった。

「史織のセンスは、史織だけのものだよ。もし九十九人が、そのいすを選ばなくても、史織がステキって思ったら、たとえ一人でもそれでいいと思うな」

さっこちゃんが私をそっとのぞき込

む。

私の心の中まで見すかされているような気がして、めまいがした。

初めて母に「センスがない」と言われたのは、ランドセルを選んだ時だったと思う。売り場に連れて行ってもらった時、たくさんのランドセルの中でラベンダー色にキラキラの飾りがついているものに吸い寄せられた。これを毎日背中にしょって学校に行けると思うだけで胸がおどった。

「えっ、これ？」

母はあからさまに顔をしかめると「きっと高学年になったら子どもっぽいなあ、と思って飽きるわよ」と言った。

（そうだった。私が、選べるんじゃないんだった）

母がこういう時に私の意見を採用しないことなんて、いやというほどわかっていたのに、何を期待していたんだろう。

幼稚園に行く時の髪形。

一緒に遊ぶ友だち。

習い事に小学校受験。

私はピアノや習字や塾じゃなくて、友だちと遊んでいる方が好きだったのに。

「史織のためよ」

それを呪文のようにつぶやきながら、母は自分の思いどおりにならないと、すぐに怒ったり、怒鳴ったりした。


小学校受験の時、私は本番でおもらしをしてしまった。本当は電車に乗ってからずっとトイレに行きたかったけど、母に言うと「なぜ出かける前に行かなかったのか」と怒られるからがまんしていたのだ。

母は家に帰ったとたん、私を平手打ちした。

「今までなんのためにがんばってきたと思ってるの」

怒鳴らずに冷たく言い放った母のその顔は、受験に落ちることより、何倍も怖かった。

結局、地元の小学校に私は入学した。ランドセルは、母の選んだ赤い革の、なんの飾りもないものになった。

「これは、コードバンと言って、馬のおしりの上質な革でできていて丈夫なのよ。そのうち、これで良かったたってわかるから」

馬のおしりを想像しただけで、吐き気がした。

最初は、カラフルな色だったりかわいい模様が入っていたりする友だちのランドセルがうらやましかった。でも、五年生になるころ、ランドセルに傷一つついていなくてつやが増しているのを「史織のランドセルって、きれいなままだね」とうらやましがられた。

母が選んでくれた服は、いつも友だちに評判が良かった。逆に私の好きな服は、あまりほめられたことがなかった。

(お母さんが選んでくれるものに間違いはない。私のために選んでくれているんだから)

私は、母に反発したくなるたびに、自分にそう言い聞かせるようになった。いつの間にか、何をするにも、母に聞いてからでないと選べなくなっていた。

そんな私が、唯一反抗したのが中学校受験だったのに。小学校も最後まで毎日通いたかったのに。

でも反抗なんてしないで、もっと最初から本気で取り組めば、失敗なんてしなかったんだろうか。母の言うことを、最初から素直に聞いておけば……。

「しーおーり。史織、大丈夫？」

さっこちゃんが心配そうに声をかけてきた。

「うん、大丈夫。ちょっと立ちくらみがしただけ」

りょうさんが「冷たい飲み物でも飲まんかっちゃ」と言ってお茶とジュースを出してくれた。

「風間……どっちがいい？」

グレープとオレンジの炭酸の缶を桐谷くんがブラブラ揺らす。

「あら、『風間』だって」

「小さいころみたいに史織、って呼べばいいのにねえ」

りょうさんとさっこちゃんがくすくす笑う。

「もうガキじゃないんで」

桐谷くんが言い返しながら、ほれ、とジュースを突き出してきた。

「……どっちでも」

「先に選んでいいよ」

「別に本当に……どっちでも、いいから」

　本当に、じゃない。本当は、選べなかった。どんな味がするのか、よくわからなかった。母は炭酸を飲むのを許してくれなかった。コンビニでこっそり買って飲んだことがあるけど、体に悪い味がする気がして、すぐに流しに捨てた。

　りょうさんがオロオロと私たちを見ているのに気づいて「……じゃあ」としかたなくオレンジを取ろうとすると、桐谷くんがさっと取り上げた。

「おれ、こっちー」

「えっ？　私が今そっちを……」

　さっきまでの自分の態度は棚に上げて、思わずつっ込む。

「ほーら、やっぱしオレンジの方が好きなんじゃん」

「何それ」

「はい、どうぞ」

　桐谷くんは私に炭酸オレンジを返すと、グビグビと炭酸グレープを飲み干した。

「あーっ、うめえ！　ごちそうさまっ！」

その豪快（ごうかい）な飲みっぷりに、りょうさんもさっこちゃんも笑った。

もう、なんなんだ！

私（わたし）もプルトップを引くと、ぐいっと飲んだ。人工的な甘（あま）さが炭酸（たんさん）とともにのどをつたっていく。

お、おいしい。

続けてぐいぐい飲んだ。熱くなった体に炭酸（たんさん）がしみわたった。

う……やっぱり、おいしいじゃん……。

少しの罪悪感（ざいあくかん）を抱（かか）えながら、飲み干（ほ）してしまった。

「ごちそうさまです」

缶（かん）を返すと、お茶を飲み終わったさっこちゃんが赤い千鳥格子（ちどりごうし）のいすに手をかけた。

「このいす、かわいいよね」

「そのいすは瑛太（えいた）のひいばあちゃんが布（ぬの）を張（は）り直したんだ。あのアヒルのいすもね。あれは二つあるけど、このいすは一つしかないんだよ」

りょうさんがしみじみと言った。

「えっ、そんな大事ないす、いいんですか?」

「いやあ、史織ちゃん、すごく気に入ってくれたみたいだから。亡くなったひいばあちゃんもそのいすも使ってもらえたら喜ぶっちゃ」

「……」

胸がしめつけられそうだった。

本当は、最初に見た時から、このいすが気に入っていた。なのに、なんで、ぐずぐずと理由をつけて、別のいすにしようとしたんだろう。

声が、聞こえたからだ。母の声が。

自分で選ぶことに、自信が持てない。

「じゃあ、運ぶよー」

桐谷くんがカラッと言うといすを持ち上げた。

「あ……ありがとう……」

私とさっこちゃんは、二人で緑色のいすを二脚運んだ。

車の荷物スペースに五脚のいすを詰め込むと、さすがにぎゅうぎゅうになった。

さっこちゃんはお店をゆっくりと見つめて言った。

「こんな立派な洋食屋さん、もったいないね」

「いやあ、長男の瑛二も、東京におる次男もあとを継ぐ気がないみたいだし、観光客も島の人も減って、商売が厳しかったからね」

りょうさんは、さみしさを隠すように笑った。

「その点、さっこさんはすごいよ。私たちの年齢で新しいことを始めようと思うなんて」

「ありがとね。でも、前途多難で。いすもこうやっていただきにくる有り様で」

「いいのいいの。みんな、この町に映画館ができるって、喜んどるよ。この前、島の反対側に住んどる友だちに会ったけど、そこでもうわさになっとるらしいよ。『そのうち、貸切バスで来てくれ』って言っとったわ」

「わ、うれしい。本当にそうしてもらえるようにがんばる」

風が吹き、ザーンと波が寄せ、潮のにおいがした。りょうさんはずっと、この場所で海とおじいちゃんと一緒にお客さんを迎えていたんだ。

私は車に乗り込んで窓を開けると、りょうさんに言った。

「あ、あのいす、大事にします」

りょうさんは「シネマができたら、すぐ見に行かせてもらうからね」と手をふった。

2

いすを運び入れてくれた桐谷くんは、最後にアヒル柄のいすを持って、シネマの中を歩き回った。

そして、後方の、やや左寄りで庭に近い場所を選ぶと、いすに腰かけた。

「瑛太くんは、その場所が見やすいの？」

さっこちゃんがたずねると、

「はい。じいちゃんと映画に行くと、このへんで見てたんで……やっぱ、落ち着く感じがします」

桐谷くんは、まだ黒いカーテンのかかっているスクリーンをじっと見つめた。

スッと鼻筋の通った横顔のまなざしから、かすかに上がった口元から、これからここで映画を見られるうれしさと期待があふれていた。

桐谷くんにお礼を言って見送ると「あ、そうだ。史織にまだ見せてなかったね」と言って、さっこちゃんが玄関の反対側にあるシネマの入り口へ手招きした。

　そして、入り口から少し奥まったスペースに置いてある、巨大な機械の上の布を取り除いた。

「うわあー。何これ？」

　思わず声を上げる。テレビ局のスタジオにあるような黒くて四角い機械の上に、大きな円盤のようなものが二つ、下の方に銀色のハンドルのようなものが二つついている。

「映写機っていうの」

「えいしゃき？」

「『風のシネマ』は新しいプロジェクターで上映しようと思っとるけど、昔、この町のホールで映画を期間限定で上映する時は、この35ミリカーボン式映写機を使っとったんだよ」

「うわ……大きいね。35ミリって？」

「上映に使っていたフィルムの幅のこと。カーボンっていう炭素の棒を燃やした光で上映していたんだよ。前にホールが解体されることになった時にね、今日ならもらえるかもって連絡があったから」

さっこちゃんは、映写機についていた小さなほこりを払って言った。

「すぐに瑛太くんのお父さんに軽トラ借りて、いただいてきたんだ」

さっこちゃんは、小さな子が宝箱を開けて見せた時みたいに目をきらっとさせた。

「ここに飾っておいて、いつまでも映画が好きな人や、お客さんに楽しんでほしいなあと思って」

「すごい……なんでさっこちゃんは、そんなにすぐ決めて動けるの？」

ため息まじりにつぶやくと、さっこちゃんが私の肩をポンとたたいた。

「史織の方が、すごい決断をしてきたじゃない」

「えっ」

「お母さんと新潟に残らないで、お父さんと佐渡に来るって、史織が決めたんでしょ。その方がすごいと私は思うよ」

「あれは決めたっていうより……逃げただけだから」

そう、弱って、どうしようもなくて、逃げてきただけだ。さっこちゃんの前向きで勇気のある行動とは、全然違う。

つい本音をもらすと、さっこちゃんに髪をなでられた。

久しぶりで、なつかしくて、でも中二なのにと思うと、少しはずかしくなった。

「そう……。逃げてきてくれて、ありがとう」

さっこちゃんを見上げる。

「短い間でも史織と暮らせることになって、私はうれしいよ」

さらに髪を強くなでると、さっこちゃんは優しく言った。

「私は逃げることって……選ぶことだと思うんだ」

「選ぶ……？」

「自分が心地好くいられる場所を選ぶことが逃げることなら、逃げるって悪くない。そう思わん？」

さっこちゃんが手を置いたつむじのあたりがあったかくなる。

たしかに、私は選んだのかもしれない。でも、これ以外に選択肢はなかった。もう、限界だったんだ。

ただ、父と私が一緒に住むことになったら、さっこちゃんはきっと喜んでくれる、そのことだけは疑わなかったことを思い出し、私はうなずいた。

その後、さっこちゃんと二人（ふたり）で「人生フルーツ」の試写会をすることになった。

「史織（しおり）も好きな場所を選んでいいよ」

さっこちゃんにそう言われ、一番後方の中央を選んだ。

そして、もらってきたばかりの赤い千鳥格子（ちどりごうし）のいすに腰（こし）をかけた。

やっぱり、すごく座（すわ）り心地（ごこち）がいい。

暗幕（あんまく）をひくと、さっこちゃんがスクリーンにかかっている黒いカーテンを開けた。

シネマに合ったサイズのスクリーンは、それでも十分大きく、その白さに目を奪（うば）われた。

「本日はご来場ありがとうございます……」

さっこちゃんのアナウンスが、静かな場内に響（ひび）く。

特別な場所に連れて行かれる感覚がして、胸（むね）がドキドキと鳴りだす。

画面に光があふれ、軽（かろ）やかなピアノの音とナレーションとともに、緑いっぱいの庭が現（あらわ）れた。

その後、エンドロールが流れるまで、私（わたし）は映画（えいが）の中の赤い屋根の下と、緑の庭の中にいた。

建築家のおじいちゃんの修一さんと、奥さんの英子さんと、ずっとずっと長いおしゃべりをしたり、笑ったり、食べたり、一緒に旅をしたりしていた。

修一さんと英子さんの生活は、これからもずっと続く。そう思っていた映画の終盤、修一さんは亡くなった。

眠るように目を閉じている修一さんの姿も、その顔をなでる英子さんの姿も、カメラはとらえ続けていた。

私は涙をぬぐって、静かに暗幕と窓を開けた。サーッと心地好い風が入ってくる。

「修一さん、風のこと『自然のクーラー』って言ってたね……」

外はすっかり夕焼けの色にそまっている。

時計を見ると、一時間半もたっていた。

時間がたつのも、自分がどこにいるのかさえも、忘れていた。

明日から通う中学校への不安も。

母のことも。

まったく関係のない場所へ、連れて行ってくれた。

映画と、さっこちゃんが、連れて行ってくれたんだ……。

こんなところでミニシアターなんて、本当にお客さんが来るんだろうかって思ってたけど、今は気持ちが変わった。

見に来てほしい。ここ、「風のシネマ」に。一人でもたくさんの人に。

私のいすは、階段下の小さな収納スペースに入れておくことにした。

「さっこちゃん、また……映画見たい」

「うん。月に一度は二人で試写会やろう」

収納スペースの扉を閉める。心の中で赤い千鳥格子のいすに（またね）とつぶやいた。

第4章 中学校

1

中学校の校門をくぐると、グラウンドを囲んでいる桜の木が風でザワザワと揺れた。

一番近くの木を見上げる。つぼみはまだ硬く閉じたまま。あしたは入学式らしいけど咲きそうにもない。

「佐渡の桜の開花は入学式や始業式には間に合わないんだよなあ」

中学校へ挨拶に行った日に、父がつぶやいたのを思い出す。

後ろから「やばーい」「新学期から遅刻する～」と声が重なり合うように聞こえてきたかと思うと、足音と鈴の音とともに、女子二人が私を抜き去っていった。

顔は上げず、スニーカーに入ったラインの色だけチェックする。

赤……ってことは新三年か。ちらっと視線が向けられたのを感じても、歩調は変えずゆっくりと校舎へ向かった。

自分の足元を見る。真っ白なスニーカーに入った黄色のラインがまぶしい。

登校に間に合ったセーラー服は前の学校よりかわいいけれど、この学校指定のスニーカーはダサい。

校舎の上のたれ込めた雲を見ると、思わず引き返したくなった。

中二なんて中途半端な時期の転校生を受け入れてくれるだろうか。

しかも、この中学は小学校からずっと変わらないメンバーで、たった一クラスしかないうえ、保育園か幼稚園からずっと一緒の長いつき合いだとさっこちゃんが言っていた。

せっかく今までの私をだれも知らないところに来たのに、不安で胸がつぶれそうになる。

でも、佐渡に来ると決めたのは私だ。ここから何もかも新しくやり直すのだ、などという大げさな気持ちにはなれないけれど、きっと、何もかも、前よりはいいに違いない。

そう自分に言い聞かせて、校舎に入った。

職員室に向かおうとすると、担任になる新田先生がこちらに歩いてきた。先生はすぐに私に気づくとさっと手を上げた。

「お、風間さん、おはよう」

グレーのジャケットとベストに青いシャツを着た新田先生。挨拶に来た時もおしゃれだなって驚いたけど、美術の先生と聞いて少し納得した。

「遅いから、様子を見に行こうとしたんだ」

「すみません」

「迷わなかった……よね？」

「あ、はい」

さっこちゃんの家から中学校までは少し距離があるけど、複雑な道ではない。

——学校に来るのを迷いました。

そんなこと言えないし。

「じゃ、教室に行こうか」

先生はさわやかな笑顔で言ったけど、いよいよ逃げられませんよと宣告された気分だ。

階段をのぼるとすぐに2—Aの教室だ。声が教室の中からはじけとんでくるみたいで、胃のあたりが重くなる。それを押し上げるように、私は下腹にぐっと力を込めた。

大丈夫。もう、前の学校じゃないんだから。

後ろから階段を上がってくる足音がして、先生と振り返った。

メガネをかけた女の子が上目遣いで先生を見ていた。黒くて太いフレームからのぞく目は鋭くて、ちょっと怖い感じがした。

「藤原、おはよ」

「おはようございます」

藤原と呼ばれた女の子は、早口で挨拶を返すと私たちを追い越して教室に入った。

新田先生が教室の扉をくぐると生徒たちが席についた。私に気づくと、顔を寄せ合ってひそひそと話し始める。

先生が私に視線を向けた。そして「今年も担任になりました新田です。どうぞよろしくお願いします」と、ていねいにみんなにおじぎをした。

「まーた新田ちゃんかよー」

「新田先生で良かったあ」

生徒たちが気軽に言い、教室に笑いが起こる。新田先生が生徒たちに好かれていることは、すぐにわかった。

「じゃ、転校生を紹介します。風間史織さんです」

視線が一斉にそそがれた。

がんばれ、私。

「風間史織です。よろしくお願いします」

緊張で少し声がかすれた。おじぎをしてから顔を上げても、どこを見ていいかわからず、目の前の席に視線を落とした。

えっ。

さっきのメガネの子が座っていた。でも、うつむいて本を読んでいる。

う、うそでしょ？　転校生が挨拶してるのに、無視？

軽くショックを受けていると、

「どっから来たのー」

と、どこかで聞いたことのある声が飛んできた。声の方を見ると、みんなより頭一つ高い桐谷くんが座っていた。

「新潟市からです」

「あのぉ……風間さん、つくしは好きですか？」

桐谷くんが軽く言うと、みんながどっと笑った。

「桐谷ー、しょっぱなからヘンな質問するなー」

新田先生が注意すると桐谷くんは「すんません」というふうにあごを出した。

あ、い、つ～!!

にらみたいけど、みんなの前ではそうもいかない。

でもこのしょーもない質問のせいか、肩の力が抜けてやっと教室全体を見渡せた。

女の子は全部で十人くらいしかいない。これでまた無視されたりしたら、逃げ場はないかも。

「じゃあ、風間さんは、とりあえずそこの席に荷物置いて。あとで席を決めるから」

藤原さんの隣の席にカバンを置く。始業ギリギリに来た子と先生と一緒に入ってきた私に、この席しか用意されていないのはしかたない。

新田先生が出席をとり始めると、ようやく藤原さんはハッとしたように顔を上げ、私の方を向いた。私もちらっと見ると、藤原さんは目を少し泳がせたあとでぺこっと頭を下げた。

うわー、今まで本の世界に入ってたってわけ？

新田先生が藤原さんの名前を呼んだから、下の名前が「いちか」ってことはわかった。

「じゃ、始業式があるから、体育館に移動してー」

新田先生が声をかけると、みんな一斉に席を立つ。

「風間さん、体育館わかる？」

少しぽっちゃりして明るい雰囲気の女の子が声をかけてきた。後ろに背の高いショートカットの女の子も立っている。

「あっ、まだ……」

首をふると、背の高い子が「じゃ、一緒に行こ？」とボーイッシュな声で言ってきたので、すぐにうなずいた。胸がドキドキする。

はー良かった、声かけてくれて。

藤原さんを見ると、まだ本を読んでいる。

「じゃ、行こっか」

「う、うん」

みんな、藤原さんには声かけないの……かな。

気になりつつも、教室を出るとショートカットの子がさっそく名乗り出た。

「私、池本佐奈。よろしくね」

その後、ぽっちゃりの子がまゆ、と名乗り、人なつこい声で聞いてきた。

「ねえねえ、しおりん、て呼んでいい？」

「うん、じゃあみんなも名前で呼んでいい？」

「いいよー、あっ、私はまゆみだけど、まゆって呼んでね」

お決まりのやりとりかもしれないけど、すごくほっとする。同級生の女の子としゃべったのも久しぶりだ。

「しおりんって、おうちどこらへん？」

まゆが、ニコニコと聞いてきた。

「あっ、私、知っとる。京町通りの、映画館を始めるところでしょ？」

佐奈が言うとまゆが目を丸くした。

「えっ、じゃあ、しおりんちが映画館やるの？」

「うん、私のおばあちゃんがやるの。お父さんが佐渡に転勤になったから、おばあちゃんちに引っ越してきたんだ」

「じゃあ、今までも佐渡に来たこと、あったのん？」

「うん、何回か」

「もしかして、会ったことあったりして？」

まゆが質問を続けていると、佐奈がつっ込んだ。

「でも、うちら上町ってめったに行かんもんね」

「上町、お店とかないし、不便じゃねえ？」

「まあ、下町も別に大した店ねえけどさ」

「言えとる」

佐奈とまゆのやりとりに、思わず笑った。

（私……友だちとふつうにしゃべれてる）

なんだか、うそみたいだ。

みんなの会話に相槌を打ちながら、藤原さんが来ていないか少し後方に目をはしらせたけど、やっぱり姿は見えない。

まゆが顔をのぞき込んでくる。

「どうかした？」

「あ、えーと……藤原さん、は？」

「ああ、いちか？」

佐奈の声がワントーン低くなった。

「もう帰ったんじゃなーい？」

まゆが少しイヤミっぽい口調で返す。

「いくらいちかでも、それはない……いや、あるかな」

佐奈がわざとらしく言うと、まゆがくすくすと笑った。

うわ……やっぱり藤原さんって嫌われてる……よね？

体がスッと冷えて、寒いのに手に汗がにじんでくる。

大丈夫、もう、前の学校じゃないんだから。

私がターゲットじゃ、ないんだから。

全校集会の間、こっそりスカートのポケットの中のハンカチを握りしめた。

教室にもどると、もう藤原さんの姿はなかった。

2

放課後、学校の門から出ると桜の木に囲まれた坂道を下った。

「じゃあ私たち、こっちの道だから」

「またあしたね～」

手をふって佐奈とまゆは左側の大きい道を歩いていった。優しくしてくれたのに、姿が見えなくなると、あの一瞬見せた冷たい雰囲気を思い出す。

うー。やだやだ。せっかくの初日なのに。

私は右手にかかっている橋に向かった。この大きな橋を渡り、トンネルをくぐるとさっこちゃんの家の通りに出る。でも、ここを通るのは上町に住んでいる子だけだ。トンネルの手前あたりに一人、制服姿の女の子がちらっと見えたけど、それ以外はだれもいない。

橋に足を向けると、海風が吹き上げてきて思わず目をつぶる。風が通りすぎて目を開けると、橋の手すりに手をかけて背中を向けている男子に気がついた。

あれっ、桐谷くん？

早足で通りすぎようとすると、「おーい」と桐谷くんが声をかけてきた。

うわっ、はずかしい。

マフラーに顔をうずめると桐谷くんがますます大きな声で「風間、ここ、眺めいいぞ～」と言って手招きした。

しかたなく近寄ると、思わず声がもれた。

「わあ……」

町並みと、青い海が目の前に広がっていた。春のやわらかい日差しをあびて、まるでダイヤモンドがまたたいているみたいにキラキラと光っている。

海岸沿いに密集している家の屋根や車がミニチュアの模型のように見える。

今まで何回も海は見たはずなのに、目がはなせなかった。

海から上がってくる風は冷たく、ほんのり潮の香りがした。時おり、髪が後ろに持っていかれるような強い風も吹き上げてくる。でも、そこから動くことができなかった。

「あの左に突き出ている島みたいなのが、春日崎だろ、あれがホテル金山……あっちは町の体育館」

桐谷くんが聞いてもいないのに説明してきた。そういえば桐谷くんの家は学校の近くらしいからこの橋は通る必要がない。なんでここにいるんだろ。

しばらく景色を眺めていると、ふいに桐谷くんがつぶやいた。

「そうそう。池本たちとしゃべってただろ。バスケ部に誘われても、浮気するなよ。風間は芸術部に入るんだからな」

「それは私が決めることでしょっ」

「風間、決めるの遅いじゃーん」

「うるさいなあ。あ、そういえばなんでまたつくしのこと言ったのよ！」

「言ってないし。質問しただけだし」

「もう、絶対言わないでよね」

「ハイハイ」

桐谷くんがくしゃっと笑って、目が細くなる。一重に見えたけど、目じりだけ二重になってるのがわかった。

「あ、そういえば風間の隣の席にいた藤原いちかは、いつもあんな感じだから気にするな」

「えっ、そうなの」

「うん。別に悪いヤツじゃないけど、マイペースなだけだから」

「そっか……」

桐谷くんは表情を確認するように私をちらっとだけ見ると、軽くうなずいた。

「そんじゃ」

桐谷くんは下町へ通じる道の方に足を向けると、振り返った。

「あ、そうだ。そこから海見るの、冬はやめといた方がいいぞー」

ぶっきらぼうに言うと、ポケットに手をつっ込んで桐谷くんは走っていった。長い足で軽く地面を蹴ると、あっと言う間に広い背中が遠くなった。

……あれっ、気分が軽くなってる。

もう一度海を見た。佐渡に来た日とは全然違う顔を見せているけれど、同じ海なんだ。

冬になっても、ずっと、ここにいるんだ……。

もう引っ越してきたから当たり前なのに、まだ実感がわかない。足が地面についていいるような、いないような。私の体の軸が、まだここにピタッと刺さっていない気がする。

でも、毎日この海を見ていれば、そのうち刺さるかもしれない。

そんな気がした。

「ただいま」

帰宅すると、ダイニングテーブルの上に大量のチラシがきれいに積まれていて、さっこちゃんはそれを折っていた。

「史織、見てみて！『風のシネマ』のチラシができたんだよ」

「えーっ、チラシ？　見せて見せて」

そっと一枚を手に取る。

【「風のシネマ」オープンします！
佐渡に一つだけのシネマカフェです。毎週日曜日に上映します。
一緒に映画を旅してみませんか。
料金：大人１０００円　子ども５００円（１ドリンクつき）
平日はブックカフェをやります（※火曜は定休日です）。】

手書きのようなフォントの文字と、おしゃれな写真がセンスよく配置されている。

あたたかい雰囲気の木の床に、色や形がさまざまないすとソファ。その奥に、黒いカーテンのかかった大きいスクリーン。カップにそそがれたコーヒーと小さなクッキー。

和室のブックコーナーの木の窓の向こうには、緑があふれている。

「このチラシ、ステキだね……」

「でしょう。この写真、だれが撮ってくれたと思う？」

さっこちゃんはふふっと笑った。

「えっ、写真？」

大切な部分はくっきりと焦点がしぼられ、きれいにぼかされた背景からも光やあたたかさが感じられる。

「さっこちゃんじゃない……んだね？」

まさか、うちのお父さんはこんな写真、撮れないだろうし。

「それ、瑛太くんが撮ってくれたんだよ」

「えーっ？」

もう一度チラシをよく見る。やっぱり、プロみたい。

「へえ～。こんな写真、撮れるんだ」

「そうなんだよ。瑛太くんのおじいちゃんが、カメラが好きでね。動画や写真の撮り方を瑛太くんに教えとるんだって」

「ふーん」

これを見ると、ちょっと芸術部っぽい感じがしてきた。

あいつにこんな特技があったとは。

「ねえ、この料金、安すぎない？　オープン記念価格とか？」

「ううん、これでしばらくいこうと思っとる。みんなに気軽に来てほしいし」

「すごーい！」

　さっこちゃんはチラシをじっと見つめている。

　茶色いフレームのメガネの奥の目に、強い力を感じた。

「このチラシ、どうするの？」

「これからご近所に、一軒一軒配るんだ」

「じゃあ、手伝うよ」

「史織、初めての学校で疲れとるんじゃないの？　無理しなくていいよ」

「ううん、大丈夫」

「ありがとう。じゃあ、お願いしようかな。そうだ、これもできたんだよ！」

　さっこちゃんが両手でいぶし銀の小さな看板を抱えた。

「風のシネマ」と書かれた文字が、さっこちゃんの胸の前で光った。

まずご近所さんには、さっこちゃんと一緒に挨拶しながら配ることにした。最初は、いつも外に面したガラス窓の向こうの工房で織物をしている、マシュマロみたいなおばあちゃんだ。

「ああ、洋史くんとお孫さん、引っ越して来たんだねぇ」

「よろしくお願いします」

頭を下げると、おばあちゃんはにっこりうなずいた。そして私をじっと見ると少し心配しているような、なんと声をかけていいのかわからないような表情をした。

母と離れて父についてきた私のことを、何か事情があると感じているのかもしれない。

さっこちゃんが「来週の日曜にオープンすることになりました」と言って、おばあちゃんにチラシを渡した。

「とうとう始めるんだねえ」

「はい。これから上映の日はさわがしくなるかもしれないけど、よろしくお願いします」

「いやあ、京町がにぎやかになったら、私もうれしいっちゃ」

手織り工房のおばあちゃんは、〝裂き織り〟といって、古い木綿や絹の布地を裂いたものを横糸に使って布を織っているらしい。

おばあちゃんは今日は佐渡の海を思わせる、青と水色の織物を織っていた。もともとの布の色が活かされているせいか、おばあちゃんの織物は本当の波のように見えた。

簡易郵便局や、佐渡の工芸品が展示してあるギャラリー兼休憩所。おそば屋さん。佐渡を世界遺産に登録する運動が進んでいて、父が住んでいたころよりもいろんなお店ができたらしい。

出てくるのはほとんどお年寄りばかりで、みんな「上がっていけっちゃ」と親切にすすめてくれた。引っ越してきた時はだれも住んでいないかと思うくらいひっそりしていたのに、今日は天気がいいせいか、おじいちゃんが歩いていたり、時々車が坂をのぼっていったりする。

のどかだけど、本当にこんなところに映画を見に来てくれる人なんているんだろうか？

そういえば、引っ越してきたあの日、だれかの視線を感じた気がしたけれど、やっぱりだれかが家の中からのぞいていただけだったのかな……？

「じゃあ、あとは手分けして郵便受けに入れていこう」

さっこちゃんにチラシの入った紙袋を渡されて、一本東の通りへ向かった。

最初は、盆栽のたくさん置いてある古い家だ。悪いことをしてるわけじゃないのにドキドキしながら、玄関脇の郵便受けに入れる。

だれも見てないよね？

あたりを見渡して玄関の前から離れ、何もしてませんよ、という顔でサササと次の家へ向かう。

これじゃあ私、どろぼうみたいじゃん。

次の家は門に郵便受けがあった。

どうか、シネマに来てくれますように！

今度はゆっくり願いを込めて、チラシを入れる。

坂道を下りながら配っていると、神社の前で同じ中学の制服姿の女の子がいた。

あれっ……もしかして……藤原さん？

個性的なメガネだからすぐにわかった。

何やってるんだろう。

立ち止まってそーっと見ていると、藤原さんはあとずさりするように歩き、ボーッと神社を見上げてにやっと笑ったりしている。

こ、怖ーっ。

藤原さんは神社の狛犬に近寄ったかと思うと、なで始めた。

やっぱりちょっと変わってる……。いや、ちょっとじゃないかも？

ほ、ほっといて次に行こ。

チラシの入った紙袋を持ち直すと、神社の隣にある家に向かった。この通りは古い家が多いけど、この家はその中でもかなり年季が入っていた。

……あれ？　郵便受けがない？

玄関先から少し移動して探してみたけど、それらしきものが見あたらない。

きょろきょろしていると、後ろから声をかけられた。

「何やってんの？」

「うわっ」

心臓が飛び出しそうなくらいドキッとした。振り返ると、そこには藤原さんがいた。

「ふ、藤原さん⁉」

「えっ……」

藤原さんはメガネの奥から大きな目でじっと私を見た。

沈黙が流れる。

……やっぱり、私のこと、覚えてないんだ。そうだよね、自己紹介した時、本読んでたもんね。

あの光景を思い出すと、急にムカムカしてきた。

名乗ってなんか、やるもんか。この家には、チラシ配らなくたっていいや。

「じゃあ」と言ってきびすを返そうとすると、藤原さんがつぶやいた。

「風間……さんだよね？　転校生の……」

なんだ、覚えてたんだ。

「何か配ってるの？」

藤原さんは私の紙袋を見ながらたずねてきた。私は戸惑いながらも、チラシを一枚差し出した。それを見たとたん、藤原さんは目を輝かせた。

「これ、京町で始まるってうわさだった、シネマカフェだよね⁉」

「う、うん。そうだけど……」

「オープンするんだ……」

チラシに吸い込まれるような表情の藤原さんの頬が赤く染まっていく。

「風間さんのおばあちゃんが、始めるんだよね？」

「えっ、なんで知って……」

言いかけて、やめた。佐奈たちも知っていたし、きっと町内でうわさになってるんだろう。

「ブックカフェ……って、本を読みながらお茶が飲めるの？」

藤原さんは両手でしっかりチラシを持ったまま、隅から隅まで見ている。

「うん……。あの、郵便受けに入れようと思ったんだけど」

「あ、うちの郵便受け、壊れたからこの前捨てちゃって。まだ新しいのを買ってないんだ」

（壊れた？　買ってない？）

びっくりしたけど、顔に出さないように気をつけた。っていうかこの家、藤原さんちだったんだ。

「あ、じゃあ、またあした」

そう言うと、藤原さんがつぶやいた。

「……私、あしたは学校行かないから」

「えっ」

藤原さんはきっぱり言うと、玄関に入っていった。

う、うそでしょ？

取り残されたみたいにつっ立っていた私は、とりあえず気持ちを落ち着かせようと神社に入った。

はー、なんだったんだ？

くるくる変わった藤原さんの表情や声が頭の中を駆けめぐる。

学校行かない……ってどういうこと？　不登校？　でも、今日は来てたし。

それに、ふつう、あしたは学校行かないっていちいち宣言する？

深呼吸をして紙袋の中を見ると、まだチラシがたくさん残っていた。

もう、あんなヘンな人のこと、気にしてる場合じゃない。早く配ろ！

立ち上がると、さっき藤原さんがなでていた狛犬が目に入った。

よく見ると首に、エスニック柄のオレンジ色のハンカチが結ばれていた。

帰宅してリビングに入ると、さっこちゃんがだれかと固定電話でしゃべっていた。

「ええ、元気に登校して今は私の手伝いを……」

さっこちゃんは私に気づくと、少し硬い表情になった。

（お母さんからの電話だ……！）

心臓が大きく鳴り、とっさに首を横にふってリビングから出た。

――史織……なんで電話に出ないの？

母がそう言っている。電話に出なくてもわかる。

――「史織がこんなに薄情だとは、思わなかった」

引っ越す直前に言われた言葉が、また頭の奥でリフレインする。

きっと、母は私の転校初日の様子が気になってかけてきたに違いない。

佐渡に引っ越す前、母はしきりに私に携帯電話を持たせたがった。

でも、私は「必要ないと思う」となんとか断り続け、父も「何かあればおれの携帯か、佐渡の家に電話してくれればいいから」と、とりなしてくれた。

携帯なんて持ったら母はきっと毎日かけてくるだろうし、それを無視すればメールがすごい数になることは目に見えていた。距離はただ離れたからといって、遠くなるものではなかった。佐渡に来てからだって、母は一瞬で私との距離を縮めてくる。

さっこちゃんの声がとぎれたと思うと、リビングの扉が開いた。

「史織、お帰り。チラシ、ありがとね」

さっこちゃんは何もなかったみたいにほほえんだ。

夕食の時間になると、父が帰宅した。

「お父さん、早かったねー」

「今までが遅すぎたんだよ」

父は苦笑すると、すぐに着替えて食卓についた。

「洋史、新しい学校はどうだった？」

さっこちゃんが父にたずねた。

「すごいぞ。四クラスだ」

「えっ、一学年で四クラス？　けっこう多いね」

「いやいや。全校で四クラス。全校の人数が四十人」

「へえ～」

「うん、みんなのんびりした雰囲気でいいよ」

たしか父が新潟市で勤務していた学校は、学年だけで五クラスあったはずだ。

「これからは、史織と夕ごはんも食べられるし、なんでもゆーっくり話せるぞ」

煮物をつつきながら言う父に、私は苦笑した。

「……洋史、史織はあんまりうれしそうじゃないよ」

さっこちゃんにつっ込まれて父はうなだれた。

私は、二人が「中学校はどうだった？」といちいち聞いてこないことがありがたかった。母が初日の様子を聞きに電話をかけてきたかもしれないと思ったあとだから、なおさらだった。

第5章 廃墟

1

通学路のトンネルを抜け、橋の上から町を見下ろした。

空も海も青く輝いて、風がやわらかくなった気がする。

佐奈とまゆの顔が浮かんでくる。学校に行ったら、しゃべれる友だちがいる。

それだけで、初日とはうって変わって足取りが軽い。

窓から明るい日差しが入ってくるのとともに、部活の朝練をしていたみんながガヤガヤと教室に入ってきた。

佐奈とまゆが手をふって、私の方に駆け寄ってきてくれた。

「ああ～朝から走って疲れたあ」

佐奈が天井をあおいで、みんなで笑う。

ああ、やっぱり居場所があるって、いい。久しぶりに、教室で深く息を吸えたような気がする。

チャイムが鳴り、みんなが席についた。空いているのは、私の隣の席だけだった。

――学校行かないから。

頭の中で藤原さんの声がよぎった。


一時間目の国語の先生が「休んでるの、だれだー」と聞くと、男子のだれかが「ハイキョでーす」と答え、クラスの中で小さな笑いが起こった。

……ハイキョ？　はいきょって何？

先生は男子の声をスルーすると、みんなの顔を見回して「また欠席か……」とつぶやいて、出席簿にメモをした。

今、ハイキョって言ったの、藤原さんのことだよね？　先生が「また」って言ったってことは、やっぱり学校よく休んでるんだ。

心の中に、黒いもやが広がる。

さっきのクラスの笑い声には聞き覚えがある。つい半年前まで私に向けられていた冷笑と同じ温度を感じた。藤原さんのクラスでの立場が、あのひとことと笑い声だけで伝わってきた。

息苦しくなって、つい斜め後ろの方の席にいる桐谷くんを見てしまった。

桐谷くんのしらけた表情は「つまんね」と言ってるみたいに見えた。

良かった……桐谷くんは笑ってない。

ほっとすると、なぜかエスニック柄のオレンジ色のハンカチを首に結んだ神社の狛犬を思い出した。

帰りの会の時間、みんなには「部活動継続届」が配られ、私には「入部届」が渡された。

桐谷くんが「新田ちゃん、もう書いたよー」と提出しようとして「保護者のサインが必要って言っただろう」と先生につき返されていた。

佐奈に「しおりーん、バスケ部どう？」と聞かれると、席にもどる途中の桐谷くんがわり込んできた。

「風間はもう芸術部って決まっとるから」

「はあ～？　だれがいつ決めたのよ。大体、芸術部なんて何もしてないじゃん」

佐奈につっ込まれると、桐谷くんは「ほんと、池本って失礼だよな」と私に同意を求めてきた。

「しおりん、考えといて」

「風間、考えといて」

佐奈と桐谷くんに同時に言われ、私は苦笑いするしかなかった。

部活かあ……。

バスケなんて、全然やりたくない。

でも、佐奈に誘われたんだから、見学くらい行っておいた方がいいのかな？

悩みながら京町通りをのぼっていくと三毛ネコがゆっくりと目の前を横切り、ブロック塀の上でひなたぼっこを始めた。

（シネマの招き猫みたい）

そう思いながら門をくぐると、さっこちゃんが何やら作業をしていた。庭には大きな木の机が出されている。

「さっこちゃん、ただいま。何してるの？」

「お帰りー。栃の木をテーブルにしたから、これからオイルを塗ろうと思って」

「栃の木？」

「うん、栃の実から栃もちっておもちを作ったりもするんだよ」

「へえ〜」

「節が入っているからって、すごく安く譲ってくれてね。ほーんと、いい木だわ」

さっこちゃんは優しい目をして木をなでた。

「午前中にやすりをかけたから、すべすべしているよ」

まるでかわいいネコの背中をなでるように、さっこちゃんは何度も何度も木をなでた。

私も木をさわってみる。ぬれた土のようなにおいがして、まだこの木が育った森の気配を漂わせているみたいだった。

「これにオイルなんて塗るの？」

「そうだよ。オイルを塗らないと、飲み物が染み込んだり汚れがとれなくなったりして、劣化が激しくなるんだよ」

「へええ……」

そんなこと、全然知らなかった。

「もうすぐオープンだから、作業が間に合いそうで良かったわ」

「手伝おうか？」

そう言うと、門の外にだれかの視線を感じた。

あれっ、このゾクリとする感じ、引っ越してきたあの日と似てる……。

散歩してる人かと思ったけど、通りすぎずにずっと門の前に立っているみたいだ。近づくと、あやしい人物が藤原さんだと気づいた。

「藤原さん？」

「うわっ」

藤原さんはビクッとあとずさりすると、「ああ、どうも」と頭を下げた。

無造作にまとめた髪形をして、オレンジ色のエスニック柄のスカートをはいている。

ん？　この柄、どこかで見たような。

「藤原さん、どうしたの？」

どうしたの、には「なんで学校に来なかったの」と「なんでこんな時間にうちの前にいるの」がミックスされている。

「……チラシもらったから、気になって来てみたんだ」

藤原さんがつぶやくと「史織のクラスメイト?」とさっこちゃんが声をかけてきた。

「まあ、はい。チラシを見て、来てくれたの?」

「あ、はい。すみません、オープン前に……」

藤原さんが頭を下げて帰ろうとする。

「いいんだよ。上がっていって」

(えっ)

さっこちゃんはにっこりして言った。

「史織のお友だちでしょ。どうぞ遊んでって」

(えーっ、友だちじゃないし!)

心の中で叫んでいるのに、藤原さんは「は、はい」と遠慮もせずにさっさと門から入ってきた。

(おいおい)

「このテーブル……作ったんですか?」

藤原さんが庭のテーブルを見てさっこちゃんにたずねた。

「そう！　これからオイル塗ろうと思って」

「これ……栃の木ですか？」

「えっ、すごい。わかるの？」

「はい、木目が縦だけじゃなくて横にも……」

藤原さんがテーブルをなぞるように指差したので思わずのぞき込んだ。

よーく見ると、たしかに細い横線が入っていて、小さな碁盤の目のようになっている。

全然気づかなかった。藤原さん、なんでこんなこと知ってるんだろ？

聞いてみようと思って顔を上げると、もう藤原さんは玄関をくぐっていた。

2

さっこちゃんがカウンターの中に入ると、藤原さんはカフェコーナーを歩き始めた。

カウンターの上には六月にさっこちゃんが上映を予定している韓国映画のポスターが飾られている。そこに三つの裸電球のはちみつ色の光が当たり、ハート型になって反射している。

「これも……もしかして手作りですか？」

藤原さんが木のカウンターをさわりながらたずねた。

「そう、そうなの！　よくわかったね。なかなかここに合うサイズとデザインがなくて……自分で作ってみたの」

「すごい！」

藤原さんは、カウンターの上に置いてあるお城のような形のポップアップカードを手に取った。

「これ……サグラダファミリアですよね？」

「そうだよー。ガウディの映画を夏くらいに上映したいと思って飾っとるんだ」

「えっ、そうなんですか⁉　もしかして『創造と神秘のサグラダ・ファミリア』ですかっ？」

藤原さんは、急に興奮しだした。

「そうそう。わ、藤原さん、映画のこともよく知っとるんだね」

さっこちゃんが喜ぶと藤原さんは「あ、いえ。サグラダファミリアが……好きなんです」と急にテンションを下げた。

「この奥が、ブックコーナーになってるよ」

カフェコーナーの隣の部屋に藤原さんを手招きする。

「わあ……」

十畳の部屋の壁一面が、天井から床まですべて本で埋めつくされているのを見て、藤原さんは声をあげた。

「もともとは押入れになっていたのをぶちぬいて、本棚にしてみたんだって」

藤原さんは本に吸い寄せられるように、部屋に入った。

奥まっている棚の本もすべてタイトルが見えるように傾斜がつけてある。

『RAY HARRYHAUSEN レイ・ハリーハウゼンの特撮』

『アントニン・レーモンドの建築』

『建築家ル・コルビュジエの教科書。』

映画や、オープン上映される「人生フルーツ」に関連する本がディスプレイされている。

コミックやファッション雑誌も置いてあるし、上の棚には、オレンジ、青、黄色、色とりどりの文庫本が並べられていて、中にはカバーをしていないうす茶色の背表紙のものも置かれている。

知り合いの人にいただいた本もあるみたいだけど、さっこちゃんがDVDやビデオだけじゃなくて、本もこんなにいっぱい持っていたのに私も驚いた。

「映画の本ばかりじゃないんだね」

「うん」

「あそこで寝転がって本読むの、サイコーだよ」

さっこちゃんが、一畳分だけ敷かれた畳を指さした。

「えっ、寝ちゃっていいんですか？」

「もちろん。もうちょっとあったかくなったら、風が入って気持ちいいと思うんだ。あ、カフェオレ、ここに置いとくね」

さっこちゃんは、小さな角の丸くなった茶色のテーブルにカフェオレを置いた。

桐谷くんのおじいちゃんの食堂からもらってきたレトロな緑色のかわいいいすに手をかけたり、本を手に取ってにやっと笑ったりしている。

学校へ行かなかったことなんて、まるで気にしていないみたいだ。

――「どうして学校に来なかったの？」

本当は、聞きたかった。

でも、それは私が学校を休んでいた時に、一番聞かれたくないことだった。それにスラスラ答えられるくらいなら、学校へも行けるんじゃないかと思っていた。

藤原さんは、表紙が見えるようにさっこちゃんがディスプレイしたおすすめコーナーから一冊の本を手に取ると、ページをめくりだした。

のぞき込むと、古いお城や建物の写真の上に、タイトルが浮かんでいた。

『美しい廃墟たち』

廃墟……？　ハイキョ……あっ。

クラスの男子が藤原さんのことを「ハイキョ」と呼んでいたのを思い出した。

「ハイキョ」って、「廃墟」のこと？　でもなんで藤原さんがそんなふうに呼ばれてるんだろう。

聞きたいことをいろいろ胸の奥に隠したまま、藤原さんの隣に座った。

藤原さんはまるで私がそばにいないかのように、ページをめくり続けている。じゃましちゃいけないと思い、しばらくそっとしておいたけれど、カフェオレから湯気がのぼらなくなったので、思いきって声をかけた。

「藤原さん、冷めちゃうよ」

「あっ」

藤原さんは驚いた顔をすると、「あ、ありがとう」と言ってカフェオレを飲んだ。

そしてすぐにまたページをめくろうとする。

あれ？　私としゃべるのには、興味ない⁉

藤原さんは、私じゃなくて「風のシネマ」が気になって来たことは、わかってる。

でも、学校の時といい、今日といい、ふつう、こんなに無視する？

ムカムカを抑え込むようにカフェオレを飲み干したけど、冷めてしまっていて苦味だけが残った。

（どうぞごゆっくり！）

私が席を立とうとすると、さっこちゃんがクッキーをお皿にのせて持ってきた。

さっと立って手伝おうとすると、「いいよ、今日はお友だちとゆっくりして」とさっこちゃんがほほえんだ。

（こんな人、友だちじゃないですけど）

心の中で悪態をついていると、「藤原さん、何読んどるの？」とさっこちゃんがお皿を置きながらたずねた。

「あ……これです」

藤原さんは表紙を見せた。

「この写真集、いいよねー！」

さっこちゃんが食いつくように言うと、藤原さんも「はい、すごく」と素直に答えた。

廃墟がいい？　すごくいい？

うーん。私には全然わからない。

藤原さんは本を閉じると、ふーと息をついた。

「ずいぶん、熱中して読んでいたね」

さっこちゃんがやわらかい声で言うと、藤原さんは冷めたカフェオレを飲んだ。

「おいしかったです。ごちそうさまでした」

なんかちょっと会話がズレてる気がする。

でもさっこちゃんは気にせず話しかけた。

「藤原さんも、建物とかに興味があるの？」

「あ……はい。父が大工で……新しい建物も好きなんですけど、長い年月をかけて変化した建物の持つ感じとかも好きで……」

「そうなんだ！　私も大好き」

さっこちゃんがうれしそうに言うと、藤原さんの顔がパッと明るくなった。

古い建物……もしかして神社を眺めてニヤニヤしていたのも、そうだったのかな？

神社の狛犬を思い出した。

そういえば、今日の藤原さんのスカートと狛犬の首に巻かれていたハンカチって、同じ柄のような……。

「今度ね『人生フルーツ』っていう映画を上映しようと思っていて。主人公が建築家のおじいちゃんと、その奥さんなの」

「えっ、そうなんですか？」

「津端修一さんっていう自然との共存を大切にする建築家が、雑木林を育てながら暮らしているドキュメンタリーなんだ。奥さんの英子さんは自分たちで育てた何十種類もの野菜やフルーツをごちそうに変えてね。それもおいしそうで……」

藤原さんが大きくうなずく。

「九十歳になった修一さんに、新しい建築のお仕事が舞い込むんだ」

藤原さんの口がうっすらと開いて、頬に赤みが差す。

――ああ、見てみたい。見たい。見たい。

何も言わなくても、藤原さんの全身がそう叫んでいるみたいだ。

「良かったら、今週の日曜日にオープン上映するから見に来てね」

そしてないしょ話をするように声を小さくした。

「学校サボりたくなった時に、ブックカフェに来てくれるのも大歓迎だよ」

さっこちゃんはくすっと笑うと、コーヒーカップをトレイにのせた。

「じゃあ、私は外で作業しとるから、ごゆっくり」


「おばあちゃん、いい人だね」

さっこちゃんが庭に出て行くと、藤原さんがつぶやいた。

「うん。でしょ」

「……私が学校サボっとること、近所の人はけっこう知っとるんだよね」

「えっ」

藤原さんは顔色を変えずに続ける。

「ヘンな顔で見る人もいるし、昼間に家に何もなくてお店に行ったら『学校に行けっちゃ』って近所のおじさんにいきなり言われたりしたこともあるけど、風間さんのおばあちゃんはいつ会ってもニコニコしてくれるんだ」

胸がつまり、だまってうなずいた。

私も学校に行けなかった日は、夕方までずっと家にいた。一度だけコンビニにフードを深くかぶって行ったことがあるけど、そのあとは二度と外出したくない気分になった。

「学校に行きたくなかったら逃げていいんだよ」ってメッセージが最近、よく発信されているのは知っている。

でも……そんな場所、どこにあったんだろう。

家にいても、母と顔を合わせれば怒られてばかりで、いつも部屋に逃げ込んでいた。

でも、母と一緒の屋根の下にずっといると思うと、私の部屋は逃げ場所というより檻のようだった。

……藤原さんの家は、居心地がいいんだろうか。

本当は聞いてみたい気がしたけれど、心の奥に飲み込んだままにしておく。

だって、私は藤原さんにはまだ言えない。学校に行ってなかったことも。家すら居場所じゃなかったことも。

藤原さんは廃墟の写真集の表紙をなでた。

「これ……どんな写真集なの？」

たずねると、藤原さんはちらっと私に目を向けてぼそっと言った。

「そういうの……いいから」

「えっ」

「私に気を遣ってくれなくて、いいよ。廃墟とか、別に興味ないでしょ」

「……」

びっくりして、何も言葉が出ない。

「おじゃましました」

そう言うと藤原さんは立ち上がり、写真集を本棚にもどすと部屋を出て行った。

え～っ、ちょっと気を遣ったのに……。

桐谷くんは、悪いヤツじゃないって言ってたけど、なんでいつもこんな感じなの？

そのまま動けずにいると、庭から「あらー、もう帰るの？　また来てね」というさっこちゃんの声が聞こえてきた。

（もう来るなー）

私は心の中で叫んだ。

あれじゃ、佐奈たちにあんな態度とられてもしかたないよ。

男子に「廃墟」って呼ばれたって……。

藤原さんが棚にもどした写真集を引っぱり出す。

「おすすめコーナーにちゃんともどしてよね」

ブツブツ文句を言いながら、ディスプレイラックに本を立てかけた。

「美しい廃墟たち」、か……。

こんなの、どこがおもしろいんだろ。

そう思いながら、なぜか写真集をもう一度手に取ってページをめくった。

「ドイツ、黒い森の修道院……？」

枯れた木と一緒に、吸血鬼の住むお城のようにも見える錆色の建物が目に入る。

藤原さん……一人でこんなの見てたんだ。しかも夢中になって。

うーん、暗すぎる。

次のページには、伸(の)びた草とフェンスの向こうに、止まったままのメリーゴーラウンドが写っていた。

青い空の下、金色の装飾(そうしょく)のついた屋根の下で前を向いたまま止まっている緑色のゾウ。

足を上げたままの木馬。

本を閉(と)じてラックにもどそうとしたのに、気がつくとさっこちゃんがもどってくるまでページをめくり続けていた。

「史織(しおり)」

「わっ、さっこちゃん。ご、ごめん。手伝(てつだ)わなくて」

「いいんだよ。友だちが来てたんだし」

「……あんな人、友だちじゃないし」

私(わたし)が顔をしかめると、さっこちゃんがふっと笑った。

「藤原(ふじわら)さんって、前から私(わたし)が庭で作業しているとちょくちょくのぞいてたんだよね」

……やっぱり。引っ越(こ)して来た日も、きっとどこかで見ていたに違(ちが)いない。

「散歩してるのかなって思っとったけど、建築とか何かを作ることに興味があったんだねえ」

「……みたいだね」

そっけなく返事をすると、写真集をラックにもどした。

第6章 風のシネマ

1

桜の花びらが、どこからか舞い降りてきた。

一眼レフカメラを構えた桐谷くんが私にレンズを向けて言った。

「お、つくしちゃんがまじめに働いています」

「だれがつくし?」

桐谷くんをにらみつけた。

「おいおい、動画撮っとるんだぞ」

あわてて門の木の扉につけられた「風のシネマ」のいぶし銀の看板を磨き込んだ。

その下にラミネートされて貼られた「人生フルーツ」のポスターと、カフェのメニュー表もきれいにふく。

今日は、「風のシネマ」オープンの日だ。

空を見上げる。うすい水色の空は澄んでいて、風に春のあたたかさを感じた。

外を掃いていた父が声をかけてくる。

「今日は晴れて良かったなあ」

「うん。あとはお客さんが来てくれれば……」

父は笑うと、門の上で寝ている三毛ネ

コに手を合わせた。

「どうか、お客さんがたくさん来てくれますように。たのむぞ」

三毛ネコは（わたしゃ、知らん）と言ってるみたいにあくびをした。

私も「お願いします」と手を合わせた。


いよいよ開演一時間前になった。

私は門の外でお客さんを招き入れる係になった。

父は駐車場の誘導、さっこちゃんは上映と場内の準備、手伝いに来てくれた父の妹の朝子おばさんはカフェの準備をしてくれることになった。

「じゃあ、瑛太くんは記録係、よろしくね」

「了解です！」

さっこちゃんに言われて、桐谷くんはいつになく表情を引きしめた。

朝子おばさんが窓の外を指差した。

「あっ、あの人、お客さんじゃねえか？」

ひげをはやしたおじいちゃんが門の外からのぞいていたので、あわてて玄関を出た。

「い、いらっしゃいませ」

ドキドキしながら声をかける。

「『風のシネマ』さんはここ?」

「はい、そうです。どうぞ」

手のひらをシネマの方に向けると、ひげのおじいちゃんは「あ、そう」とだけ言ってプレートやポスターを見つめたり、庭を眺めたりしながら入り口へ向かっていった。

(はあ、ちょっと怖かった)

それからも次々とお客さんがやってきた。

開演時間の一時から十分が過ぎ、父が駐車場からもどってきた。

「お客さん、どう?」

「うん、定員が二十人だから……満席に近いかも」

「良かったな」

父がほっとした声で言い、門をくぐる前にもう一度坂を振り返った。

「あれっ、お客さん……かな?」

父の声で私も振り返ると、そこには息を切らした藤原さんが立っていた。

「ま、まだ間に合いますかっ？」

本編が終わり、暗くて小さな空間に「人生フルーツ」のエンドロールが流れ始めた。はずむ足音のようなピアノの調べとともに、映画を作った人たちの名前が浮かび上がる。

席を立つ人はいない。

みんな、小さな旅をしてきた余韻を楽しむように、修一さん、英子さん、そしてたくさんの緑とフルーツを目に焼きつけるように、じっとスクリーンを見つめ続けている。

すすり泣きが聞こえ、スクリーンから最後の光が消えた時、場内の明かりがさりげなくともった。

池に小さな小石を投げ込んだ波紋のように、パンパン……と小さな拍手が起きたかと思うと、会場中が拍手で包まれた。

あれっ……映画館で拍手なんて、初めて聞いた……。

ゆっくりと席を立つ人が出て、シネマに音がもどってくる。

私が暗幕を静かに開けると、まぶしい光が場内にさし込んできた。

何かの雰囲気に似てる。そうだ、カーフェリーから降りる時の雰囲気だ。人生のうちではわずかな、でも一日のうちの大切な時間を、同じ船に乗り合わせた人たちが、下船する時の空気。

ひととき、一緒に旅をして、またそれぞれの行き先へ歩きだす前の。

さっこちゃんと映画は、お客さんをひととき、小さな旅に連れ出したんだ。

おばさんやおばあちゃんは、ハンカチで目頭を押さえている人が多い。

おじさんやおじいちゃんは伸びをしたり腰をトントンしたり、「おお、来てたのか」って感じで挨拶している人もいる。

桐谷くんはカメラを構えると、場内の様子を撮影し始めた。

みんなが席を立っても、藤原さんは端っこの席で一人だけ座り続けていた。

ほんと、マイペースだなあ。

しかたなく声をかけようとすると、

「おっ、いちかじゃん」

桐谷くんがカメラを下ろし、いつもの調子で藤原さんに声をかけた。

「来てたんだ」

藤原さんはうつむいたまま、首を縦にふった。

桐谷くん、藤原さんのこと、名前で呼んでるんだ。

それにしても、藤原さんは愛想がない。

私も近寄ろうとすると、桐谷くんがこっちに向かってきてニッと笑った。

「いちか、もう少しそっとしておこう」

「なんで?」

「号泣しとる」

2

帰宅する人はわずかで、ほとんどの人がカフェコーナーに残った。

あわててエプロンのひもをしめ、朝子おばさんと一緒に、父が用意したドリンクを運ぶ。

さっこちゃんは、一人ひとりお客さんに挨拶していた。

おばさんたちのグループは、池のある庭を眺めながら満足そうな笑い声をあげている。おじいちゃんたちは、テーブルについてコーヒーを飲みながら、うれしそうに映画について語っている。若い男の人と女の人は、ブックコーナーへ向かっていった。

きのうまで、だれもいなかった「風のシネマ」に、こんなにお客さんがいる。

そして、どのお客さんもいい表情をしている。

さっこちゃん……これがやりたかったんだ……。

「史織、瑛太くんのお父さんの瑛二さんだよ」

さっこちゃんに手招きされてハッとした。

きちんと上までボタンを留めたシャツを着て、メガネをかけたおじさんの雰囲気は、全然桐谷くんと違っていた。

「いつも、瑛太がお世話になっています」

きちんと立ち上がって挨拶してくれたので、あわてて頭を下げる。

よく見ると大きくてすっきりした目は桐谷くんにそっくりだった。

「瑛太くん、今日の一部始終を動画で記録してくれとるんだよ。いつもいろいろ手伝ってくれて、本当に助かっとるんだ」

さっこちゃんが言うと「親には反抗期真っ最中で、ほとんど口も聞かないんですよ」

と、おじさんはうなだれた。

「うちのオヤジの言うことなら聞くんですけどねえ」

「瑛太くんは、昔からおじいちゃんっ子だもんね」

「今日のオープン上映も、オヤジが一番来たかったと思うんですけど……」

おじさんはぺこっと頭を下げるとコーヒーを飲んだ。

桐谷くんのおじいちゃん、来られないくらい具合が悪いのかな……？

「ほんと、瑛太は勉強もしないで映画見たり、動画編集したり、遊んでばかりで困ったもんです」

おじさんは頭をかきながら言う。

「でも……何か夢中になれることがあるのは、うらやましいですけどね」

さっこちゃんがうなずくと、おじさんは苦笑した。

さっこちゃんとキッチンへもどると、父がコーヒーを淹れ、朝子おばさんがカップを洗っていた。

「お母さん、思ったよりお客さんがいっぱい来て良かったねえ」

「何よ、思ったより、って失礼だねえ」

さっこちゃんが笑って朝子おばさんをにらむ。

「だって、こんな島の、中心からはずれた坂道の途中にある映画館に、こんなに人が来てくれるなんてねえ……」

朝子おばさんがこそっと私に言った。

「史織、最初はね、みんな反対したんだよ。こんなところで映画館なんてやっても、絶対お客さんが来ないって」

「ご心配、ありがとうござんす。でも、やってみなくちゃ、わからないじゃない」

さっこちゃんはおどけて言うと胸を張った。

「老後にお金をとっとけって言ったのにねえ。映画館につぎ込んじゃって」

朝子おばさんはブツブツ言いながら手早くカップをふく。

「もう、立派な老後ですから」

さっこちゃんが口をとがらせる。

父が二人のやりとりをさえぎるように言った。

「母さん、今度は新潟の映画館でやってるような、大ヒットしてるエンタメ映画も上映したら、どんどんお客さんが来るんじゃないか？」

さっこちゃんは、肩をすくめて首をふった。

「あのねえ、洋史。私は新潟や東京でヒットしてる映画をここで見てもらおうっていう理由で、始めたんじゃないんだよ」

父が「へっ？」という顔でさっこちゃんを見た。

「ヒットしてなくても、昔の作品でも、私が好きで好きで、みんなに見てほしいって思う映画を上映したいの」

父は一瞬ぼかんとしたあと、「よっ、母さんかっこいい」と拍手した。

さっこちゃんはやれやれという感じで笑うと、別のテーブルへ向かった。


お客さんのお見送りで外に出た。桐谷くんがシネマから帰る人たちに声をかけながら、一眼レフカメラで動画を撮っていた。

口をぎゅっと結んで真剣にレンズをのぞき込んでいるかと思えば、おばさんたちが笑って出てくると口元がふっとゆるみ、同じようにうれしそうな表情に変わる。

お客さんの一瞬を見逃さない。

そんな気合いが伝わってくる。

へえ……カメラ持ってる時はまじめじゃん。

桐谷くんが、ボタンを押してレンズから目をはなしたのを確認して話しかけた。

「動画って、ビデオじゃなくてカメラで撮ってるの？」

「ああ。これ、じいちゃんのカメラなんだけど、ちょっとした映画も撮れるくらい性能がいいんだ」

「へえ～、そうなんだ」

「ハリウッド映画でも使われてるくらいなんだぞ」

桐谷くんは、小さい子がおもちゃを自慢するみたいに言った。

「あ、そういえば桐谷くんのお父さんに会ったよ。似てるね」

「げっ、あんなオヤジとどこが似とるんだよ」

桐谷くんが不服そうな顔をすると、またお客さんが出てきた。

「ありがとうございました」

二人で頭を下げると、おばちゃんたちが「また来るわねー」と言って、坂を下っていった。

その後ろ姿にまた桐谷くんがレンズを向けた。

シネマにもどると、お客さんはもうほとんどいなかった。

ブックコーナーをのぞいてみると、藤原さんがこちらに背を向けて、窓際に飾られた本を眺めていた。

まさか、本当に見に来るとは。

ま、いいや。ほっとこう。どうせ話しかけてもじゃまだろうし。

シネマにもどろうとすると、さっこちゃんが入ってきた。

「史織、おつかれさま。ありがとね。あっ、いたいた」

さっこちゃんは藤原さんのそばに行くと、そっと話しかけた。

「藤原さん、今日は来てくれてありがとう」

藤原さんが振り向いた。まだ鼻も目も真っ赤だった。

「あら、その本、気に入ってくれたの？」

藤原さんは金曜日に見ていた廃墟の本を手に取っていた。

（わっ、また？　どんだけ好きなんだ？）

心の中でつっ込んでいると、さっこちゃんが「史織もあのあと、その写真集見てたのよ」とポロッと言った。

(さっこちゃん、余計なことを!)

藤原さんと目が合う。……もう、しかたないなあ。

「見たよ」

「……本当?」

「最初は廃墟……?　って思ったけど、けっこうおもしろかった」

「そ、そう……」

藤原さんは硬い表情を少しくずすと、ページをめくった。

小さな島に、朽ち果てたアパートだけがいくつもひしめき合うように建っている。

「長崎に軍艦島ってあるんだね」

「うん……廃墟の島って感じでいいよね」

藤原さんはページをめくると「私は、このコロンビアの崖の上に建つ、霧に包まれた廃ホテルも好きなんだ……」とつぶやいた。

私が一緒に見ているのを忘れたみたいに藤原さんはページをめくり続けた。そして最後のページまでいくと、ハッとしたように私の顔を見た。

「ご、ごめん」

「えっ」

「私、夢中になると周りが見えなくなる……みたいで」

「う、ううん」

……いちおう、わかってるんだ。

お茶を運んできたさっこちゃんが声をかけてきた。

「史織、この町にもすごい廃墟があるんだよ。知っとる？」

「えっ廃墟って、どこ？」

私がたずねると、「あ、選鉱場のことですか？」と藤原さんが前のめりに言った。

「せんこうば？」

「うん。来週末あたり、あそこの桜も満開になるんじゃないかな？　藤原さんに案内してもらったら？」

（げっ。さっこちゃん、また余計なことを！）

「藤原さん、そんなこと急に言われても予定あるよね」

私がやんわり断ろうとうながすと「あ、予定ないです」と藤原さんは無表情で答えた。

第7章　サグラダファミリア

1

翌日、藤原さんがめずらしく学校へ来た。

学校に来ていない間に席替えがあったのに、最初に座っていた席に置いてあるカバンを見てきょろきょろしている。だれも教えてあげる気配がない。

「藤原さん、席、替わったんだよ」

しかたなく新しい席を教えると、藤原さんは小さく「ありがとう」と頭を下げ、

「そういえば、土曜日の待ち合わせとか決めてなかったよね。私、携帯持ってらんから」

と言って、メモを渡してきた。

そしてこっちを見ている佐奈の視線に気づくと教室から出て行った。

藤原さんがいなくなったのを見計らうかのように佐奈が背中をたたいてきた。

「しーおりん、いちかと何しゃべってたの？」

まゆもすぐに寄ってきた。

「えっ、あ、ううん、大したことじゃないよ」

とっさに口からごまかしの言葉が出る。

これ以上聞かないで、と思っていたけど「えー、なんかメモ渡されてなかった？」と佐奈が興味しんしんという感じでつっ込んできた。

「うん……今度の土曜日に、一緒に出かけることになって」

「えーっ！　いつの間に仲良くなったの？」

まゆが大げさに言った。

「あ、うちのおばあちゃんのシネマカフェに映画を見に来てくれて……」

私がぼそぼそ答えると、佐奈が声をひそめた。

「あのさ……いちかって友だちいないから、しおりんのこと、ねらっとるんだよ」

まゆもこそっと言った。

「ほんと、気をつけた方がいいよ」

「ねえ、なんでいちかが『廃墟』って呼ばれとるか知っとる？」

「六年の卒業文集って〝好きなこと〟とか書いたりするじゃん？　あの場所にさ」

佐奈とまゆが顔を見合わせてくすくすと笑った。

「廃墟&スペイン語――って書いてあったの。ウケるでしょ」

「廃墟ってなんだよ、って感じ。自分が特別だとでも思ってんのかな」

「しかもさあ、なんでスペイン語なんだっつーの！」

佐奈がおかしさを隠しきれないという感じで、かん高い声を出す。

「頭はいいらしいけど空気読めんし」

まゆの言い方がどんどんキツくなる。

……うん。わかる。

藤原さんにイラッとするのも、悪口を言い出すと止まらないのも。

私だって、アミと仲の良かった時は、他の子の悪口を言ったことがある。

炭酸を飲んだ時に似ていた。ちょっとだけでやめようと思っても、甘くて、スカッとして、止められない。

「ねえ、土曜日の午後、部活休みだから、佐奈の誕生日会やろうって言ってるんだ。本当は来週の火曜日なんだけど、ちょっと早めにみんなでお祝いしようって」

まゆが私の両肩にポンと手を置いた。

えっ……土曜日は誘われてるって言ったよね？

……そうか。だから、誘ってるんだ。

まゆは誘ってくれただけなのに、真正面から強い風にあおられたみたいに息苦しくなった。

ここで「うん」って言わなきゃ、嵐はもっとひどくなるんだろう。

ここで「うん」って言わなきゃ、私はまた一人になってしまうかもしれない。


胃が縮むような感覚がして、私は小六の卒業式のことを思い出した。

私が入っていたアミたちのグループが集まって、校庭で写真を撮っていた。

さっさと帰ればよかったのに、なぜかその場から動けなくなり、風景を眺めるようにみんなが撮影するのを見つめていた。

撮影が終わると透明で厚い壁ができたみたいに、みんな私をスルーして校門を出て行く。

「じゃ、あとでねー」

「アミ、待ち合わせ何時だったっけ？」

「だから、二時じゃなくて、二時半ね！」

ふいに、グループの一人と目が合った。やべっという顔をすると、彼女はすぐに視線をそらして、アミに話しかけた。

「何歌おっかなー？」

「もー泣ける歌はやめよーね」

カラオケの相談をしながら、名札に花をつけたアミたちが見えなくなるまで、私はその場に立ち尽くしていた。

あのメンバーと、また、同じ中学校へ行く。

そう思うと、もうこのままどこかへ消えてしまいたい思いにかられた。

だって、だれも、私を必要としていない。私としゃべりたいと、思っていない。

むしろ、私としゃべるのは、自分にとって損だ、自分を不幸に巻き込まないで、と思っているのがわかる。

自分につめを立ててひっかきたいくらい、アミに言ったひとことを悔やむ。

でも……過去はもう取りもどせない。どうしたら、いいんだろう。

わからないわからないわからないわからない……。

……簡単だ。

ここで、みんなに、合わせればいいんだ。

私が嫌われているわけじゃない。藤原さんが嫌われているんだから。

藤原さんのために、またひとりぼっちになるなんて、耐えられない。

心も体も空っぽになって、その中を乾いた砂が風に吹かれて通りすぎていって、砂すらもなくなって、ザラザラとした感触だけが残っているような、あんな気持ちにだけは、二度と、なりたくない。

「……うん、じゃあ、私も行っていい？」

言ってしまったあと、胃から何かがせり上がってくるような気がした。

母の意見に同意できないのに、無理やり「はい」と言わされた時と同じ、苦くて重いものが。

（大丈夫、大丈夫）

スカートに両手をこすりつける。

「やった！」

佐奈とまゆがハイタッチして、私もそれに加わった。

二人がはしゃぐ声がすぐそばで聞こえているのに、遠く感じた。

私は嵐をさけて、どこに行こうとしているんだろう？

そこは、本当に、安心できる場所なんだろうか？

わからないわからないわからないわからない……。

OKの返事をしたのに、私の心の中で嵐はどんどんひどくなっていった。

2

帰宅するとすぐに、カフェコーナーをのぞいた。

さっこちゃんはおばさん二人組と、「人生フルーツ」のチラシを見ながら談笑していた。

まさか、また藤原さんが来てるってことはない……よね？

おそるおそるブックコーナーをのぞくと、すらりとした背中が見えた。

うわ、また来てる！

本当は、そのまま自分の部屋へ行きたい気分だった。でも、土曜日に行けなくなったと言わなきゃいけない。

「藤原さん」

思いきって声をかけると、藤原さんはゆっくりと顔を上げた。白い紙をはさみで切っている。

「何やってるの」

「サグラダファミリアのポップアップカード、私も作ってみたいと思って」

テーブルの上には、小さな白い紙片が散乱している。藤原さんの手元を見ると、カフェに飾ってあった立体カードとそっくりなサグラダファミリアが完成しつつあった。

「わ、すごい」

藤原さんはカードにメガネがくっつくんじゃないかと思うくらい顔を近づけると、はさみの先端を使って最後の仕上げをした。

「できたあ」

藤原さんは、小さい子がママに見せるみたいに、私にカードを広げてみせた。精巧なサグラダファミリアがゆっくりと立体的に浮かび上がってくる。

「わあ……」

小さな窓がいくつも細かくていねいに切り抜かれ、鋭い塔が何本も建っている。

「すごい……！　見本なしで作ったの？」

「うん。頭の中に、もうイメージはできてたから」

藤原さんは角度を変えながらカードを眺めて、頬を赤くした。

「サグラダファミリアって……スペインにあるんだよね？」

「うん。二〇二六年に完成する予定なんだって」

「えっ、まだできていないの？」

「うん……ガウディが亡くなってから百年後に完成予定なんだって……。でも、このカードは完成後をイメージして作ってみたんだ」

藤原さんはカードをうれしそうに眺めると、ふーっとため息をついた。

「ああ、完成する前にスペインに行って、本物を見てみたいなあ」

「えっ、完成する前がいいの？」

「造っている途中を見たいの。そして、完成した姿も……」

熱に浮かされたように早口で言う藤原さんの横顔は白く光って、なぜかきれいに見えた。

藤原さんが切った紙や厚紙を掃除すると、下からサグラダファミリアの本とノートが出てきた。

「サグラダファミリアって……まだできていないのに、廃墟みたいな感じもするね」

「うん。だから……好きなのかもしれない」

藤原さんがうなずきながら、ノートをさっと自分の方へ引き寄せた。

ノートの表紙には「español」と書いてあった。

「これ……もしかしてスペイン語？」

藤原さんの表情がさっと曇る。

――「なんでスペイン語なんだっつーの！」

はき捨てるような佐奈の言葉を思い出した。

「もしかして、そのノートでスペイン語、勉強してるの？」

「う、うん……。やっぱり少しは読み書きしたり、しゃべれるようになったりしてから行きたいって思って」

「すごい……」

「……勉強は嫌いじゃないけど……学校に行くと疲れる。古い建物を見たり、こういうのを作ったりしとる方が、私は、楽しい」

藤原さんの顔は学校にいる時と全然違って、輝いている。

「ノート、見せてもらっていい？」

【はじめまして】

¡Mucho gusto!（ムーチョ グスト）

¡Mucho gusto! ¡Mucho gusto! ¡Mucho gusto! ¡Mucho gusto!

【私はいちかです】

Soy Ichika.（ソイ イチカ）

Soy Ichika. Soy Ichika. Soy Ichika. Soy Ichika. Soy Ichika. Soy Ichika.

Me llamo Ichika.（メ ジャモ イチカ）

Me llamo Ichika. Me llamo Ichika. Me llamo Ichika.

「うわっ……」

全然きれいにまとめられてなんかいない。

蛍光ペンを引いたり、線で囲ったりもない。

ひたすら、スペイン語を書きなぐっている。ノートの裏に、うつるくらい。

でも、本当に、スペイン語を身につけたいと思っている気迫が伝わってくる。

私……こんなふうに勉強したこと、なかったな。

ただただ、テストの点数を取るためだけだった。志望校に合格するためだけの勉強だった。

藤原さんは、一人の時間を、前に進むことに、自分の夢のために使っているんだ。

私はひとりぼっちには耐えられないと思って、約束をやぶろうとしているのに。

(やっぱり……藤原さんとの約束を優先したい)

でもそう思っただけで、またぎゅっと胃が縮む気がした。


その夜、母から電話がかかってきた。

今度は夕食のあとすぐだったから、さっこちゃんが、「どうする?」と目で私に聞いてきた。

引っ越してからずっと、母からの電話には出なかった。

でも、今日は、なぜか声が聞きたい気がした。簡単に、答えをもらいたくなっている自分がいる。

（お母さん……やっぱり佐奈たちと仲良くしておいた方が、いいかな。佐渡の学校にも居場所がなくなったら、もうどこにも逃げられないし……）

さっこちゃんや父には、心配かけたくない。

佐渡に来てまで、こんなことで悩んでいるなんて。

小さいころは、小学校であったことはなんでも母に相談していた。

母に反発を覚えるようになってからも、すべてを母にさらけ出すのが義務のように感じ、やめることができなくなっていた。

返事ができないでいると、さっこちゃんが「ちょっと待ってくださいね」と、受話器を手でふさいで、もう一度私に視線を送ってきた。

（……だめだ。ここでお母さんとしゃべったら、また飲み込まれる）

私は力をこめて首を横にふると、逃げるようにリビングから出た。

ろうかを渡ると、さっこちゃんの声が小さくなっていく。

（さっこちゃん、ごめん）

どうして自分の母親なのに、電話にすら出られないのだろう。

なのに、一瞬、母の声に決断をゆだねてしまいそうになった弱い自分がいやになる。

さっこちゃんの声が聞こえなくなると、大きくため息をついた。

でも、まだ電話が続いていないか耳をすます。何も音がしないのを確認すると、ふーっと力が抜けた。

暗くなったブックコーナーの電気をつけた。

藤原さんの作ったサグラダファミリアのカードが、窓辺に飾られている。

手に取ると、藤原さんが紙を切っていた時のまっすぐなまなざしを思い出した。

藤原さんとしゃべっていると、学校にいた時に吹き荒れていた嵐がやんでいたことも。

ずっと心の奥からせり上がってきていたものが、ゆるゆるとおさまっていったことも。

一度、カードを閉じてまた開くと、白い教会がすっくと立ち上がった。

母と離れたからって、私は何も変わってない。母じゃなくても、声の大きい人に流されようとしているだけ。また、自分の気持ちにうそをつくの？

カードの中の教会は、うす暗い部屋で、白く、強く、まっすぐ立っている。

まるで藤原さんみたいだ。

自分にうそをつかなくていい。だれも、傷つけなくていい。

それって……気持ちいいのかな。藤原さん。

さみしくないのかな。

さっこちゃんが、部屋に入ってきてつぶやいた。

「今日は、藤原さん、ずっと熱心にそれ

を作っとったねえ」

「学校サボってここに来てたんだね」

私が言うと、さっこちゃんもカードを手に取って、ゆっくり見つめた。

「今の藤原さんは、ここで好きなことしとったらいいって思うな」

「学校に、行かなくても？」

さっこちゃんは塔の先端の十字架をそっとなでた。

「居場所は、どこでもいいと思う。外になければ、自分の中に作ればいい」

「自分の中？」

「そう。自分の心の中の居場所。何もかも忘れて熱中できたり、優しい気持ちになれたり、ほっとしたり、それから……」

「それから？」

「ちょっと強くなれる場所」

さっこちゃんもカードを閉じるとまた開いた。

「私もね、ずっと親の言いつけどおりに生きてきたんだ。本当は大学時代に映画館でずっとアルバイトをしとったし、映画の仕事がしたかった。でも、佐渡にもどって結婚しなさいって親の言うことを素直に守って、役場で働いて……。おじいちゃんに夢を語ったこともあったけど、本気にしてもらえんかったな……」

「さっこちゃんも……ずっとがまんしてたの？」

「私は、がまんしてたっていうより、それが当たり前だと思っとった。思い込もうとしとった」

　さっこちゃんがカードを棚の上にもどした。

「でも、本当に好きなことって、だれが何を言っても、何年たっても、あきらめさせてくれんもんなんだよね……」

　さっこちゃんが、いつもスクリーンのある場所を見た。

「映画も、この場所も、なくたってみんな生きていける。元気な時や、守られている時や、必要とされている時は」

　私は小さくうなずく。

「でも、そうじゃない時にほっとひと息ついたり、自分を見つめたりできる場所になればいいな……と思って、ここを開いたんだ」

　カードを見ながら、私は決心した。

（やっぱり、佐奈たちには、土曜日は行けないって言おう）

翌日、学校へ行くと佐奈たちが来る前に、伝えることを心の中で練習した。

新潟にいた時、アミにはちゃんと伝えられなかったけど、今度は。

朝錬の終わった佐奈とまゆが教室に入ってきた。

思いきって立ち上がる。

「佐奈、まゆ、おはよう」

「あ、しおりん、おはよー」

「あの……土曜日のことなんだけど」

「ん？　誕生日会のこと？　あっ、そうだ。うちの場所、知らんかったよね？」

一瞬、佐奈の勢いに巻き込まれそうになる。

「う、ううん。それなんだけど、やっぱり行けなくなって……」

じゃない。ちゃんと、言わなきゃ。

「先に約束してたから、やっぱり藤原さんと出かけようと思って」

……言えた。

手に汗がにじむ。

佐奈の顔色が一瞬変わった気がした。まゆも「えっ」という感じで私を見つめた。

怖い。……でも、言うんだ。

「……せっかく誘ってくれたのに、ごめんね」

あのころは、自分を守ることだけで精一杯だった。でも、今はちゃんと言いたい。

「誘ってくれて、うれしかった。ありがとう」

思いきって言うと、佐奈はさっぱりと笑った。

「そっか〜。まあ、いちかとの約束が先だったんだから、しょうがないね」

まゆが佐奈の顔色を見ながらこそっと言った。

「でもさ、今度からはいちかには気をつけなよ」

思わずうなずきそうになるのを抑えて、曖昧にほほえみ返した。

第8章　近所のコロッセオ

1

町の小さな病院を過ぎると、視界が開け、トンネルを抜けた場所からは違う角度の相川の町が一望できた。瓦屋根のひしめき合う海沿いの町の向こうに青い海が広がり、キラキラと光っている。

藤原さんはガードレール下をのぞき込んだ。

「風間さん、これから行くところが見えるよ」

私ものぞき込むと、円形の大きな屋根の古い建物が見えた。

「コ、コロッセオ!?」

いきなり古代ローマのような建物が現れて、思わず息を呑んだ。

「見たことなかった?」

「うん」

大きなカーブの道を下ると、森の緑を背負ったようなコロッセオはぐんぐん近づいてきた。思っていたよりすごく大きい。直径五十メートルはあるだろうか。

口を開けて見上げたまま、藤原さんに聞いた。

「もしかして……これって闘技場？　ここでもコロッセオみたいに戦ってたの？」

藤原さんが吹き出した。

「やっぱ、そう見えるんだ。これはね、シックナーっていうんだよ」

「シックナーって？」

「鉱物と水を分離する施設だったんだって」

……よくわからないけど、とりあえずうなずく。

やっぱりどう見ても、闘技場だ。

神殿のような柱に支えられた屋根は植物に侵食され、くずれそうな感じもする。

振り返ると、今度はギリシャやマチュピチュをイメージするような建物が目の前に現れた。

「うわあ……こっちは何？」

幅百メートル以上ありそうな巨大な階段の上に、古いコンクリートの建物が骨組みだ

けで建っていた。緑のツタがからまり、短い草木に覆われ朽ち果てているけれど、引きずり込まれるような迫力がある。

「ここは選鉱場っていって、佐渡金山からとれた金や銀のしぼりかすから、さらに小さな金銀を回収する施設だったんだって。明治時代にできたけど、第二次大戦中に増強した時は、東洋一って言われてたらしいよ」

扉のように、いくつもの真っ暗な空洞が一斉にこっちを向いていて怖いくらいだ。でも、なぜか足が吸い寄せられる。

こんな場所が、ふつうに町の中にあるなんて……。マンションと住宅と電車と大きな道路ばかりに囲まれた生活だったのに。

「佐渡ってすごいねえ」

「うん。なんにもなさそうで、いろいろあるんだよ」

藤原さんは少しうれしそうな顔をした。

「でも、シネマができたのは、良かったなあ」

「さっこちゃん、それ聞いたら喜ぶよ」

「おばあちゃんのこと、さっこちゃんって呼んでるの、かわいいね」

「あっ……ついクセで」

「いいと思う。全然おばあちゃんって感じしないし」

藤原さんがにこっと笑った。笑うと目元がやわらかい感じになった。

「そういえば……藤原さんって、『いちか』っていうんだよね」

「あ、うん」

「いちか、ってどういう字、書くの？」

「数字の一に花で、『一花』だよ」

「へえ……かっこいい」

その名前は、藤原さんにすごく似合っている気がした。

「そうかな？　うち、お兄ちゃんが三人いて、初めて女が生まれたからそんな名前にしたらしいけど、私の下もまた弟だったんだよ」

「えっ、藤原さんって、五人兄弟なの？」

「そう。貧乏人の子だくさん」

「えーっ、すごい……」

郵便受けのない、藤原さんの古い家を思い出した。

「私は一人っ子だから、うらやましい」

「えー、一人の方が絶対いいよ。自分の部屋はないし、お小遣いも少ないし、男はばかでうるさいし、いいこと何もないよ。一人っ子だったら、すごくかわいがってもらってるんじゃない？」

「えっ」

「風間さん……そんな感じがするし……」

突然、母の顔が浮かんだ。

私は……かわいがってもらっていたんだろうか。

藤原さんは私の表情が変わったのに気づいて「ご、ごめん。なんか悪いこと言ったかな？　本当にうらやましかっただけなんだ」と素直に謝ってきた。

「ううん。そんなこと言われたことなかったから、びっくりしただけだよ」

私もあわてて言うと、藤原さんは唇をかんだ。

藤原さんは「ありがとう」と「ごめんなさい」を、いつもちゃんと言ってる。

もしかしたら空気は読めなくても、読めないせいで迷惑をかけてもいいとは思ってないのかもしれない。

乾いた風に草が揺れ、桜の花びらがはらはらと舞う。

藤原さんのいつもはいているエスニック柄のスカートも風をはらんで揺れた。

「そのスカート、もしかして手作り？　かわいいね」

「う、うん」

「神社の狛犬も、首に同じ柄のハンカチ巻いてたけど……」

「あ、あれ、私が巻いたの。布が残っていたからバンダナを作ったんだ。父親が神社の修復をしているのを見てた時、狛犬が寒そうだなと思って……」

藤原さんがはずかしそうに鼻をこすった。

「ここ、廃墟って言ってたけど、すごいね……」

「うん。廃墟っていうより、これはもう遺跡だね」

大きな時の流れの中に、自分が立っている感じがした。

引っ越してくる前は、学校と家と塾の間を行き来するばかりだった。

生徒と娘以外の私になる場所なんてなかった。

でも、ここにいると、自分のちっぽけな役割なんて、どうでもよくなってくる気がした。

私が、本当にやりたかったことは……。

なりたかったものは……。

ふいに後ろからにぎやかな声がした。

「父ちゃん、なんで急にこんなとこに来たくなったんだか」

「まあ、いいじゃん。天気もいいし」

おばあさんとどこかで聞いたことのある男の子の声がした。

振り返ると、桐谷くんとりょうさんと、車いすに乗ったおじいちゃんがいた。

2

桐谷くんは、いつもみたいに一眼レフを首からさげて、おじいちゃんの乗った車いすを押していた。

「あらあら、さっこさんのところの史織ちゃんじゃない」

りょうさんが笑顔を向けてきた。

私は「こんにちは」と挨拶し、藤原さんは表情を変えないまま、会釈した。

「なんでおまえたち？」

桐谷くんは私たちがここにいることより、二人の組み合わせに驚いているみたいだ。

りょうさんがおじいちゃんに話しかけた。

「父ちゃん、ほら、さっこさんとこのお孫さんの史織ちゃん。あなたは……もしかして、一花ちゃん？　藤原さんとこの。ほら、瑛太と同じアパートに住んでた」

「は、はい」

藤原さんがはずかしそうにうなずいた。

えっ、桐谷くんと藤原さんって、同じアパートに住んでたんだ。

車いすに乗ってニットキャップをかぶったおじいちゃんは、桐谷くんと瑛二おじさんそっくりの、すっきりしているけど力強い目をしている。

「今日は天気も体調もいいから、急にここに来たいって言い出してさあ。病院から外出許可もらってきたんだ」

桐谷くんはめんどくせ、って顔をした。

でも、車いすのグリップをしっかりと握っている。

おじいちゃん、やっぱり入院してたんだ。

「うん。よし、写真撮らんか」

おじいちゃんはそう言うと、急にひざの上にのせているリュックの中をごそごそして、「おいっ、カメラがない。カメラがないぞっ」とあわて始めた。

「カメラは瑛太が持っとるでしょうが」

りょうさんがあきれたように言うと、おじいちゃんは一瞬ポカンとして「あ、ああ。そうだった」と頭をかいてはずかしそうに笑った。

そして桐谷くんが首からさげている一眼レフを自分の方へ引き寄せると「瑛太、わかるか？　電源ボタンが……こっちで……」と説明を始めた。

りょうさんがやれやれ、という感じで肩をすくめる。

「これこれ。この赤いボタンを押せば撮れるから」

おじいちゃんが桐谷くんを見上げて言った。

「オッケー」

絶対に使い方がわかっているのに、桐谷くんはおじいちゃんの説明をちゃんと聞いてうなずいた。そっけないけど優しい言い方をしている。

「じゃ、撮るよー」

桐谷くんが少ししゃがんで声をかける。りょうさんが少しおじいちゃんの方に寄ると、おじいちゃんが体をずらそうとして、袖をつかまれた。

「じいちゃん、こっち向いてー」

桐谷くんが声をかけても、おじいちゃんははずかしそうに微妙に目線をそらした。

「いいの？　撮るよー」

「いいのいいの。いつもこうでしょ」

りょうさんはニコニコしながらピースした。

「自分が撮りたいって言ったくせに、ちゃんとカメラの方を向いてくださいよ」

りょうさんがたしなめると、おじいちゃんは「はい、すんません」と頭をかいて自分で車いすを動かし、選鉱場の方へ向かった。桐谷くんはカメラを持って追いかけた。

りょうさんは私の隣に立ったままだ。

「あ、行かなくていいんですか？」

「うん。ちょっと腰が痛いから、瑛太にまかすわ」

りょうさんはトントンと腰をたたいた。

「あ、あそこにベンチありますよ」

三人でベンチに座ると、りょうさんはふぅ、と息をついた。

「うちの父ちゃん。あれ、ボケてるんじゃないの。天然なの」

「あ、はあ……」

「今日は急に選鉱場と桜が見たいって言うから、外出許可もらって連れてきたんだけどね。私も最近腰が痛いから、瑛太が一緒に来てくれて助かったわ」

桐谷くんは巨大な階段の前にいるおじいちゃんの姿を動画におさめているみたいだった。りょうさんは、二人の後ろ姿をしばらく無言で見つめてから口を開いた。

「父ちゃん、前は自分でも映画監督気取りでたくさん動画を撮っていたんだけど、最近は瑛太に『撮れ撮れ』ってうるさいんだよ。ま、瑛太も嫌いじゃないみたいだからいいんだけど」

桐谷くんとおじいちゃんがもどってくると、おじいちゃんがさっそく動画のチェックを始めた。

「そんなの、家に帰ってからじっくり見ればいいでしょう」

りょうさんがブツブツ言っても、おじいちゃんは「はい、すんません」と軽く流してカメラをのぞき込んでいた。

目の前に広がる風景をもう一度眺める。

こんな巨大な建物が、明治時代に建設されて、今も、姿を残している。

ふっと、この建物で、たくさんの人が働いている様子がフラッシュバックのように頭をよぎった。ざわめきが聞こえ、ツタや雑草はなくなり、壁はきれいになり、活気にみちあふれている。

この町では、いろんな場所で昔と今の時間が交錯しているような気分になるけれど、ここは格別だ。

「中学校の帰り、よくここに寄り道したもんだ。なあ、良子」

「父ちゃん、今、そんな話しなくてもいいでしょ」

りょうさんがはずかしそうに手をふった。

「あのころは動画なんてもちろん、カメラも持っとらんかったけど、あそこに二人で座ったのは、よく覚えとる。まだこんなきれいに観光地化されてなくて、幽霊が出そうだったな。だーれもおらんかった」

りょうさんが「ほんと、なんでこんなところに寄り道したんだろうね」となつかしそうに選鉱場を見上げた。

廃墟裏の崖の上に、一本だけ立っているうすいピンクの桜の木が風でしなった。

おじいちゃんは何度も顔を洗うように両手でこすった。

「よし、帰るか。あんま疲れてもいけんし」

桐谷くんがおじいちゃんに声をかけた。

「……あ、ああ。そうか、そうだな」

桐谷くんのおじいちゃんは空をあおぐように、選鉱場、そして海の方へ目をやった。

「あ、あの」

思いきって話しかけると、桐谷くんが振り返る。

「私にも……撮らせて」

「えっ、風間が？　なんで？」

「桐谷くん、いつも撮ってばかりなんでしょ。でも、おじいちゃんとおばあちゃんと一緒に映ってるの、ないんじゃない？」

「別に、いいし」

桐谷くんが手を横にふる。

「瑛太」

おじいちゃんが車いすから声をかけてきた。

「お願いせんか」

藤原さんと一緒に歩きだすと、桐谷くんが話しかけた。

「そうだ。一花、芸術部、一年は三人入ってくれそうだぞ」

「あ……そう」

「今年度の活動も、一カ月に一つ、何か製作するか、芸術関係のレポートを新田ちゃんに提出すればOKになりそう」

「わかった」

桐谷くんはふつうに話しかけてるのに、藤原さんはいつもそっけない。

でも桐谷くんは全然気にしてないみたいだから、私もほっとする。

途中で夕日が海に沈んでいくのが見えた。

大きな線香花火が海に溶けていくような、きれいな夕日を見たかったけど、いつものように厚い雲に覆われて、オレンジ色の光が雲と雲のすき間から見える程度だった。

だけど、その光は十分強く、町の家々を明るく照らし、くっきりと三人の影を作った。

私は、その姿をずっと撮り続けた。

帰り道、藤原さんがぼそっと言った。

「本当は今日、佐奈の誕生日パーティーに誘われてなかった？」

「えっ、なんで……」

知っているの、と言いかけそうになる。

「私も、何年か前までは誘われとったから」

藤原さんが、淡々と言った。

「私のことは、気にしなくていいよ。一人でも平気だから」

……本当に？　本当にそうなの？

だったら、なんで佐奈の誕生日パーティーのこと、覚えていたの？

ちらっと顔を見たけれど、藤原さんはさっぱりした表情をしている。

「……また、シネマに遊びにおいでよ。今度は一緒に映画見よう」

そう言うと、藤原さんはメガネの奥で大きくまばたきをした。

「そうだ、『またね』ってスペイン語でなんて言うの？」

私がたずねると、藤原さんは照れたりせず、きれいな発音ですぐに答えた。

「Hasta luego.（アスタ ルエゴ）」

第9章 手紙

1

火曜日、定休日のさっこちゃんと一緒に桐谷くんのおじいちゃんのお見舞いに行った。

病室に行くと、ちょうど桐谷くんが来ていた。

おじいちゃんはポカンと口を開けて白髪まじりの短いひげがたくさんはえているあごをなで、桐谷くんに小さい声で言った。

「……カノジョか？」

「……違うし。ほら、さっこさんの孫だよ。この前会っただろ？」

桐谷くんはブハッと笑うと、「じーちゃん、直球だろ？」と私に言った。

ドキドキして、細かくうなずくことしかできない。

「今、ちょうど『風のシネマ』のオープンの日の様子をじいちゃんに見せてたんです」

「わあ、そうだったの」

「さっこ、おめでとう。ようやった」

「瑛一さん、ありがとう」

私たちもタブレットをのぞき込む。

静かな外国の曲がＢＧＭに流れ、私が看板を磨いているところから、映像が始まった。


うっ……はずかしい。

ポスターをふいている映像の中の私は、うっすらとほほえんでいる。笑っていた覚えなんてないのに。

……そうだ、うれしかったんだ。ようやくさっこちゃんの夢がかなうと思って。

シネマから出てくる人たちは、みんないい顔をしていた。

そこに、最初に入ってきた愛想のないひげのおじいちゃんが一人で出てきた。

まだ怖い顔をしているかと思ったら、「……また来ます」とぼそっと言って、片手を上げると帰っていった。

京町通りの背景がぼやけ、おじいちゃんの背中にだけ焦点がくっきりと当たる。

「ああ、しげさんだ。うちの店の常連だった。この前、見舞いに来てくれてな。さっこの店をほめとったぞ」

「まあ、そうだったの」

あの日の、みんなの気持ちが映像につまってる。

次におばさんたちが三人出てくると、コマが三つに分かれ、最後のお客さんを見送ったさっこちゃんの全身が映ったかと思うと、徐々にフェードアウトしていった。

「ああ～さっこ、良かったのお」

おじいちゃんがニコニコした。

「おかげさまで」

「やっぱり映画はの、スクリーンで見んと。迫力が違う。迫力が。最近、島のどこかに映画来とるか？」

おじいちゃんは大事な話、という感じで言うと、桐谷くんは首をふった。

「ううん、最近は来てないねえ」

「佐渡はね、映画館がないから、時々施設を借りて映画をやるんだけど、ここへ来る前に見たかった映画は大人気でね、抽選にはずれてしまったんだっちゃ。あれが、心残りでねえ。抽選で映画を見るなんざ、おかしな話だと思わんかね」

おじいちゃんは私を昔から知っている友だちのように話しかけてきた。

「だから、さっこさんは映画館作ってがんばってくれてるんだろ」

桐谷くんが言うと、

「ああ〜さっこは立派だのう」

おじいちゃんが腕を組んだ。

「……だな。だからじいちゃんの好きな『ニュー・シネマ・パラダイス』を上映する時は、絶対連れてってやるから」

おじいちゃんは「いやあ、いつ体調が変わるかわからんし、さっこに迷惑はかけられん」と言うと私を見た。

「あなたは『ニュー・スネマ・パラダイス』、見たことある？」

「じいちゃん、ニュー・シネマね。シだよ、シ」

桐谷くんがすかさずつっ込む。

「そう、それ、ニュー・スネマ」

笑うのをこらえると、おなかがヒクヒクした。

おじいちゃんは私をじっと見てつぶやいた。

「あれはいい映画だ。もう一度映画館で見たかったが」

おじいちゃんの声が小さくなり、さっこちゃんが明るく言った。

「そうだ瑛一さん、これから上映する作品、相談に乗ってくれない？　史織と瑛太くんはジュースでも買っておいで」


「わりいな。じいちゃん、いつもあんな感じで」

病室を出ると桐谷くんが言った。

「う、ううんっ。桐谷くんが謝ることなんて、何もないよ……」

「映画のことになると、話が止まんねえから」

「私、もっと聞いていたかったな」

「ははっ。うそだろ？」

桐谷くんは茶化したように言ったけど、ちょっと声がうれしそうだった。

「あージュースって聞いたとたん、のどが渇いてきた」

自販機コーナーに行くと桐谷くんが牛乳パックを指差した。

「じゃあ……風間はこれな」

かわいい佐渡のトキがパックに描かれている。

「なんでトキの牛乳？」

「風間は決められないヤツだから、おれが決めてやったんだけどー」

「き、決められるよっ」

私はすかさずお金を入れると炭酸オレンジを選んだ。

「おじいちゃん、映画、好きなんだね」

「好きなんてかわいいもんじゃねえよ。ありゃもう、ヘンタイだね。うちにもいっぱい
ＤＶＤあるのに、新作借りてこい、ってうるせえの」

桐谷くんが今日も首からさげてる一眼レフを見つめて言った。

「このカメラ……ずっと、さわらせてもくれなかったのに、中学に入学した時に急にや
るって言ってさ」

「そうだったんだ……」

「オヤジがあの洋食屋手伝ってたら、じいちゃんも病気にならないですんだかもしれね

えし、店もつぶさないですんだかもしれねえのに……」

桐谷くんは炭酸グレープを選んだ。

「瑛二おじさんって、お仕事は……？」

「公務員だよ。じいちゃんと違って安定した仕事するって。じいちゃんとオヤジって正反対でさ。洋食にも映画にも、オヤジは全然興味ねえの」

「でも……おじいちゃんは、そんなことで怒ったりしないでしょ」

「あ、うん……。おれが好きで始めたことを子どもに押し付けたりしないって」

「……優しいね」

「あー。トボけてるけどな」

桐谷くんがふっと笑った。

おじいちゃんのことを話すと、桐谷くんも優しい表情になる。

「でも、オヤジはまじめにお役所で働くだけのつまんねえヤツなの」

つまんねえヤツ……？

シネマで会った時の、桐谷くんのお父さんの顔を思い出す。

――「ほんと、遊んでばかりで」

――「でも……何か夢中になれることがあるのは、うらやましいですけどね」

頭をかきながらも、桐谷くんがかわいくてしかたないって顔してた。

母は、あんな顔で私のことをだれかに話したことなんてない。勉強以外のことで、私のやったことを認めてくれたことも……。

「でも、桐谷くんのお父さんは、桐谷くんのこと、うれしそうに話してたよ」

「ははっ。それはないわ」

「遊んでばっかだけど、何かに夢中になれることがあるのは、うらやましいって言ってたよ」

「うちじゃ、ひとことも言われたことないね」

「でも、桐谷くんのやってること、反対したりしないでしょ」

口調がつい、強くなる。

「まあ……そりゃ、そうだけど……」

桐谷くんがたじろぐ。

「風間、どうした?」

「桐谷くんのやってること、お父さんは、つまんないって言ったりしないでしょ」

「ああ。少しは勉強もしろって言われるけど、完全にあきらめてるね、ありゃ」

桐谷くんが頬を指でかくと、ふっと笑った。

屈託のない笑顔。

「だったらいいじゃん。それだけでもいいお父さんだと思う。私は」

「どうしたんだよ、さっきから」

「全然、つまんなくない。桐谷くんのお父さんは」

「さっきからなんなんだよ。なんで急におれのオヤジの肩、持っちゃってるわけ？」

桐谷くんがめずらしくまじめな顔をした。

ほんと、どうしたんだ私。完全に、八つ当たりだ。

お父さんに無条件に愛されているのに、甘えたこと言ってる桐谷くんにムカついてるんだ。

「私……押し付けられてばっかりだったんだ。お母さんに」

「あ、うん……」

桐谷くんの表情がさっと変わった。

たぶん、おじさんたちから少しはうちのことを聞いているのかもしれない。

「勉強なんて好きじゃないのに、小学校も中学校も受験しろって言われて。結局どっちも落ちちゃったんだけどね」

炭酸オレンジをぐいっと飲んだ。

喉元を通りすぎていく。全身がしびれるようにスカッとする。

「えー、新潟だと小学校も受験しないと入れないわけ？　やばっ」

桐谷くんがとんちんかんな言葉を返してきた。

マジで不安そうな顔をしているから、わざと茶化しているのかどうか不明だ。

「違うよ。何もしなくても、地元の学校ならふつうに入れるの。私はそれが良かったのに」

「えー、じゃあ、やりたくないのに幼稚園から勉強してたってわけ？」

「そう」

「うわー。おれなんて高校受験もしたくねえけどな」

桐谷くんは頭に手を当ててブルブルとふった。

「ほんと、私も、全然やりたくなかった」

もうこんな話はやめておこうと思うのに、抑えられない。

「私のやってることは、お母さんが私にやらせたいことばかりだった」

桐谷くんは炭酸のプルトップに指をかけたまま、私を見つめた。

「私の好き……は、お母さんの好き、だったの。全部。でも桐谷くんが映画好きなのは、別に押し付けられたからじゃないよね」

「うん。じいちゃんがきっかけだけど……本当に、映画は好きだな。『風のシネマ』手伝ってるのも、マジでおもしれえよ。オーナーと話すのも。映画の話できる人、学校じゃいねえしな」

「……うん」

「じいちゃんが元気なうちに、なんとか上映決まらねえかなあ。おれも『ニュー・シネマ・パラダイス』、映画館で見てえし」

「うん。やっぱり映画館っていいよね。新潟でふつうに行ってたころは、気づかなかったけど……」

私は試写会の時のことを思い出した。何もかも忘れて、映画の世界に没頭できる時間。

「なあ、風間、部活決めたのかよ？」

桐谷くんがちらっと私を見ると、上を向いて炭酸を思いきり飲んだ。

「う、ううん」

「新田ちゃん、いいヤツだから、映画館のお手伝いや、オーナーとしゃべったことまとめてレポートにすれば、部活やったことにしてくれるんだって」

「えー、ゆるいなあ」

「それも、芸術だ、って新田ちゃん言ってた」

桐谷くんは靴のつま先あたりを見て言った。

「風間もさ、もう芸術部にしよ」

「えっ、部員が足りないから？」

「ちげーよ。他の部活入る気ねえみてえだしさ」

桐谷くんが鼻をこすった。

あれ、もしかして気にかけてくれてた……のかな？

「何か一つどんな形でもいいから、自分の好きなものを表現するのが芸術部の活動なんだってさ」

初めて、赤い千鳥格子のいすを選んだ時のことを思い出した。

藤原さんがサグラダファミリアのカードを作っていた時の横顔や、桐谷くんがレンズをのぞき込んでいる時の真剣な目も。

さっこちゃんが栃の木のテーブルを作っている時や、シネマに来たお客さんとしゃべっている時の笑顔も。

「こっちではさ、自分の好きなことだけ、やればいいじゃん」

桐谷くんがめずらしく優しい声で言った。

自分の好きなこと……か。

私の本当に好きだったこと、やりたかったことは……。

2

「お母さんから、荷物が来てるわよ」

帰宅すると、さっこちゃんが段ボール箱を手渡してきた。

自分の部屋へ行くと、箱を開け、白い封筒を机の上に置いた。

ずっと、電話に出ず、送られてきた手紙も読んでいなかった。

さっこちゃんも父も、そんな私に何も言わなかった。

段ボール箱には、去年の春に着ていた服と、箱に入った新しい服が入っていた。

去年着ていた服を当ててみる。

あれっ、小さい……。

大きさだけでなく、デザインも、子どもっぽく感じられた。

箱と封筒は開けずに、しばらく畳の上でゴロゴロしていると、父が部屋の戸をたたいてきた。

「史織、ちょっといいか」

「あ……うん」

父は部屋に入ってくると、あぐらをかいた。

「お母さんから、荷物が来たって？」

「うん。服とか」

「手紙……入ってたか？」

「うん……でもまだ、読んでない」

「そうか」

ゴホッと咳払いすると、父は窓の外を見ながら言った。

「お父さんは、シネマが落ち着いたら、月に一度は新潟へもどろうと思ってるけど、史織は……」

私は口を結んで首をふった。

全然、もどりたいと思わない。

お母さんに会いたいとも……。

やっぱり、私は、優しくないのかもしれない。

恩知らずで、心が冷たいのかもしれない。

「そうか」

父の声が少しさみしそうに聞こえた。

「お父さん……私、薄情なのかな」

「えっ」

「新潟の家を出る時に言われたんだ……。『史織がこんなに薄情だとは、思わなかった』って」

父は首をふって静かにため息をつくと、きっぱりと言った。

「史織は、薄情なんかじゃない。おばあちゃんもよく手伝ってくれて助かってるって言ってるよ」

「じゃあ……なんでお母さんはそんなこと言ったの？　お母さんだって、佐渡に行っていいって言ったくせに、学校に行くならって、ちゃんとお父さんの前で言ったくせに、二人きりの時に、もう出発するって時に、あんなこと……！」

父に言ってもしかたない。

そうわかっていたはずなのに、止められない。

「お母さん、そんなことを史織に言ってたのか」

「……それだけじゃないよ。いつも……私が自分の思いどおりにならないと……どうして？　私、お母さんに会いたくない。これってふつうじゃないよね？　私、ふつうじゃないの？　だからお母さんはいつも怒っていたの？　どうして……。私、お母さんとふつうに仲良くしたかった。ふつうに……」

父は正座をすると、改まった感じで言った。

「お母さんが……短大を出て小学校の先生をしていたことは知ってるよね」

「……うん」

「実は、新潟のおじいちゃんとおばあちゃんは『女の子に学歴は必要ない』っていう考えだったから、大学への進学は反対されて高校を卒業したらすぐに就職するように言われていたんだ」

新潟のおじいちゃんちに行った時のことを思い出す。

そういえば私が中学受験することに、二人ともあまりいい顔をしていなかったっけ……。

「でも、お母さんは反対を押しきって、なんとか短大に行くことを許してもらって、アルバイトをかけもちして学費の足しにしながら、必死に先生になる勉強をしていた。お父さんは……大学時代にお母さんと出会って教師になろうと思ったくらい、お母さんはひたむきにがんばっていたんだよ」

「でも……けっきょく、結婚するからやめたんでしょ？」

天井を見上げて、父は話を続けた。

「実は……結婚してからも先生は続けていたんだ。でも史織を妊娠している時に何度も流産しかかって、ずっと入院しなければいけなくなったんだ」

「……」

父は、危機を乗り越えてようやく生まれてきた私のために、母が仕事をやめたこと、そして私のあとにも赤ちゃんができたけど、二回ともすぐに流産してしまったことを伝えてきた。

「史織に負担になるから言わないことにしていたけど……」

母は、今まで自分の過去を語ったりしなかったから、びっくりした。

でも……どうしても、他の感情が浮かび上がってこない。

「……だから、なんなの？」

お父さんが「えっ」という表情で私を見た。

「だから……お母さんがあんなふうなのも、しかたないの？　だから私は、がまんして期待にこたえないといけなかったの？」

声をしぼり出す。

父は首をふった。

「そうじゃない。ただ、お母さんが意味もなく史織に厳しかったと思うより、お母さんのことを少しでも知っていた方が……史織の気持ちが楽になるかと思っただけなんだ」

ドクドクと頭に血がのぼる音が聞こえる気がした。

「楽になんて……なれない。全然、なれない」

……私が楽になれるとしたら、母の抱えていた事情を知ることじゃない。ふつうのことを一緒に喜んだり、私の選択を受け入れてくれたりする。

そんな、ささいなことだ。

ささいだけど、今まではかなわないことだった。

佐渡に来たから、気づいたんだ。

父は目をつぶって息を吐いた。

「お父さん……？」

「お母さんはずっと目指していた教師になれて仕事にも熱心だったから、お父さんはやめることに反対したけれど、お母さんの『史織のために』という意志は固かった。母親の代わりはだれにもできないと言って……。だからお母さんが子育てに一生懸命になるのは悪いことじゃないと思ってたんだ。でも史織がそんなにつらい思いをしていたなんて……気づけたはずなのに、寄り添うことができなかった」

父は頭を下げた。

「……史織、ごめんな」

ふるえるような声。

これで謝ってくれたのは、何回目だろう。

ごめんな、史織。

ごめん。

父がそう言ってくれると、私ができそこないのだめな子だって思う心がほんの少しだけ和らぐ気がする。

ふつうじゃないんじゃないかって、自分を疑う気持ちも。

でも……本当に言ってほしい相手は、父じゃない。

「もう、やめてよ、お父さんっ」

私はわざとおどけて言った。

「私……佐渡に来て良かったよ」

父はようやく少し表情を和らげた。

「そうか……。佐渡へ来るのも、お母さんと史織が離れてしまうのも、本当にいいのかとずいぶん迷ったけど……、史織を見ていると良かったのかなって思うよ」

父が部屋を出て行くと、私は思いきって封筒を開けた。

史織へ

元気にしていますか。

こちらのおばあちゃんは、だいぶ歩けるようになってきました。

おじいちゃんも、元気です。

服が足りないと思うので送ります。

いつも史織が元気にやっているか心配していますが、おばあちゃんとお父さんがいるから大丈夫だと思っています。

佐渡で、何か楽しいことが見つかるといいですね。

また次に会えるのを楽しみにしています。


きっと、勉強とか友だちのこととか、いろいろと聞きたいことがあるに違いない。

母が本当に言いたいことは、この手紙には書かれていない。

でも、母が気持ちを抑えてなるべく少ない文字しか書いていないことに、胸がつまった。

――何か楽しいことが見つかるといいですね。
手紙を封筒に入れても、母らしくない一行が、心に残った。
母の買った服は見ないで、押入れにしまった。

楽しいこと……だって。
よく言うよ。
新潟にいた時、楽しいことから私を無理やり遠ざけてきたのは、母なのに。
藤原さんも、桐谷くんも、ちゃんと自分の好きなこと、やりたいこと、見つけてる。
なのに私は……。
空っぽだ。
私も本当に好きなこと、やりたいことがあったような気がしていた。
でも、母への気持ちを桐谷くんや父に吐き出して、やっぱり、気がついてしまった。
今の私には、何もない。
空っぽだ。
空っぽだった。

藤原さんは、スペイン語でノートを埋めるたび、何かを作るたび、自分の中でも大切なものを育てているんだと思う。

桐谷くんは、レンズをのぞくたびに、大切なものを切り取り、残す作業をしているんだと思う。

でも私は、勉強をすればするほど、母の期待にこたえられるいい子になろうとすればするほど、何かが削りとられていたんだ。

だけど、もう、母のせいにばかりはしていられない。

いたくない。


引き出しにしまっておいた、「部活動入部届」を引っぱり出すと、一気に部活名を書いた。

「芸術部」

何をしよう。私に何ができるだろう。

そう考えながら自分の名前を書き込むと、私の中で荒れくるっていた風が少しおさまっていく気がした。

第10章 作戦会議

1

橋の上を吹く風が湿り気を帯びて、見下ろした町の上の雲は灰色にたれ込めている。

梅雨に入ったとたん、天気の悪い日が続いている。

急ぎ足で家に向かうと、路地の入り口の塀に木のふだが立てかけてあった。

「山菜あります。よろしかったらご自由にどうぞ」

ふだの下には籐のかごがあって、山菜らしきものがたくさん入っていた。

(ご自由にどうぞ?)

本当にもらっていいのかな?

……やっぱ、やめとこう。でも、さっこちゃんが喜びそう。

立ったり座ったりを繰り返していると、「何やってんの?」と後ろからくくっと低い笑い声がした。

「わっ、桐谷（きりたに）くん」

「あ、わらびと山ウドだ」

桐谷（きりたに）くんはうれしそうにのぞき込（こ）むと、迷（まよ）いなく手を伸（の）ばした。

「オーナー、こういうの、好きでしょ」

「うん……今日（きょう）は、どうしたの？」

「オーナーから『アイデア募集（ぼしゅう）』ってメール来たんだ」

「アイデア募集（ぼしゅう）……？」

そういえば、梅雨（つゆ）に入ってから日曜日に雨が続いて、お客さんが減（へ）っている。

上映（じょうえい）している映画（えいが）が重い内容（ないよう）なのもあるのかもしれないし、最初は物珍（ものめずら）しくて来てくれたお客さんが途絶（とだ）えたせいかもしれない。


門をくぐり、池を見ると、苔（こけ）の上にカエルがいた。

「あ、モリアオガエルじゃん」

桐谷（きりたに）くんが近づいても、カエルはまばたきをしただけだった。

雨が降（ふ）ってきたので、急いで中に入った。

「おじゃましまーす」

桐谷くんとブックコーナーに入ると、藤原さんがいた。

「あっ、一花」

「……瑛太?」

「一花、学校サボっていいところ来てるね」

藤原さんはむっすりした。

藤原さんと桐谷くんはやっぱり名前で呼び合ってる。

同じ保育園からのつき合いだから当たり前なのかもしれないけど、なぜか胸がチクチク痛んだ。


「オーナー、SNSに『風のシネマ』のこと、けっこう載ってますよ」

「えっ、本当?」

みんなで桐谷くんの携帯をのぞき込む。

「『人生フルーツ』見てきた! 映画も、手作りの感じの映画館もステキだった。

また行きたい　#風のシネマ」

「『風のシネマ』2回目。ここで映画見たあとは、いつもいいことがある」

「なんか、『風のシネマ』に行くと、いいことがあるっていう投稿、けっこう多いっすよ」

「えーっ、ほんとに？」

さっこちゃんは声をはずませた。

「……なんか、わかる気がする」

藤原さんがうんうん、とうなずいた。

「だったら、もうちょっとお客さんが増えてほしいよねえ」

さっこちゃんがガランとした場内を見渡して言った。

「そこで！　みんなにお願いがあって集まってもらいました」

さっこちゃんの呼びかけに、三人で一斉に振り向いた。

「えっ、何？」

さっこちゃんはいたずらっ子のように目を光らせた。

「何か子どもたちに『風のシネマ』に来てもらえるアイデア、一緒に考えてくれないかな?」

「子どもたち……ですか?」

藤原さんがたずねると、さっこちゃんはうなずいた。

「今は大人のお客さんが多いけど、秋には海外の子ども向けアニメを上映する予定だから、今からシネマのことを知ってほしいなあと思ってね」

「子どもかあ……」

たしかに、「風のシネマ」のお客さんはほとんど大人だ。

子どもっていったら、んー、くじ引きとか、お楽しみ会とか?

「子どもっつったら、くじ引きとか?」

……桐谷くんとかぶった。

頭をひねっていると、藤原さんがポソッと言った。

「……おばけ屋敷はどうですか?」

「おばけ屋敷?」と聞き返すと、藤原さんは何かを思い出すような表情で言った。

「この前、拘置所のデッサンしてたら小学生の男の子が三人来て、きもだめしするって言っとったんだ」

「えーわざわざ拘置所まで行って？」

拘置所とは、ここからもう少し坂をのぼったところにある古い建物だ。刑務所と違い、刑が確定するまでの間、収容される場所らしい。五メートルはありそうなコンクリートの高い塀で囲まれていて、びっしりと緑のツタで覆われている。今は使われておらず、有形文化財になって一般公開されているけど、鉄格子の門の奥の白い木造の建物は、不気味で入ったことはなかった。

でも、廃墟好きの藤原さんにはたまらない場所なんだろう。

「小学校でうわさになっとるんだって」

「そういえば昔、トイレの花子さんってあったよな」

「それが、今は拘置所のサダコさんになっとるらしいよ」

「やっぱ子どもは怖いの、好きなんだね」

私がうなずくと、桐谷くんはおみやげで持ってきてくれた焼いたイカをピーッと裂きながら言った。

「佐渡は、おばけ屋敷ないもんなぁ。新潟とか東京の遊園地まで行かんといけんし」

桐谷くんはさっこちゃんの持ってきたマヨネーズを思いきりつけると、イカを食べ始めた。

「おばけ屋敷みたいな家はいっぱいあるけどね」

藤原さんが言うと、さっこちゃんは「おばけ屋敷かあ……」と考え込んだ。

「じゃあ、まず拘置所に行ってから次にここに来るってコースにしたらおもしろくね？」

桐谷くんがリスみたいに口を動かしながら提案した。

「夏だしね……。どう？　さっこちゃん」

私が聞くと「うーん。シネマが怖いって思われないかな？」とさっこちゃんが考え込んだ。

「大丈夫だよ！　終わったら、パッと明るくして、みんなでお菓子食べたりする時間作れば？」

「そっか……。そうすればいいか……な？」

さっこちゃんは頬に手をやりながら、私たちを見回した。

「協力してくれる？」

「もちろん、やります。芸術部の活動にもなるんで！」

桐谷くんは親指を立てて答えた。

「おれ、最初にホラー動画流してぇ！」

桐谷くんが声をはずませた。

「ホラー動画？」

「映画の予告編くらいの長さでさ。最初にその動画を見せてからおばけ屋敷スタート！って感じで」

桐谷くん、そんなのも作れるんだ……。

いつもは軽いノリなのに、熱くなっている桐谷くんの表情を見ると、ドキッとした。

……ええっ、なんで私、ドキッとしてるわけ？

「瑛太くん、あんまり怖くしないでね」

さっこちゃんが肩をすくめる。

「だいじょーぶです。小さい子向けにマイルドに作りますから」

「私……おばけ屋敷の方で何をやるか考えます」

藤原さんはすでにイメージし始めているみたいだった。

近くにいても、ふっと藤原さんが遠くにいるような感じがする時がある。きっと、こんな時、藤原さんはイメージの世界に行ってるんだって、最近わかってきた。

そばにいる人を、無視してるんじゃないってことも。藤原さんは一つのことを考えながらもう一つのことをするのが、難しいんだってことも。

「えっと……私は何しようかな……」

私も何かお手伝いしたい。でも、二人みたいに得意なことがないんだよなあ。

すでにスマホで何かを調べ始めている桐谷くんや、ボーッとしているみたいで何かをイメージしているに違いない藤原さんを見ると、あせってくる。

母のせいで、やりたいことが何もできないって思ってた。でも、母と離れたって、何が好きなのか、何がしたいのかわからない。

シネマの中をぐるっと見渡すと、ポスターが目に入った。

……そうだ、お知らせだ。おばけ屋敷を「風のシネマ」でやりますよ、って宣伝。

これなら私でもできるかもしれない！

「私……チラシ作ってみたい」

「お、いいね～」

思いきって言ったのに、桐谷くんは軽い感じでうなずいて、藤原さんは別の世界にいったままだ。

「わー、みんなありがとう。じゃあ、よろしくね」

さっこちゃんだけはうれしそうに笑ってくれた。

2

一週間後、藤原さんが大きなゴミ袋を持ってシネマにやってきた。

中に何やらたくさん入っている。

「……これ、何？」

藤原さんは何も答えないまま、ゴミ袋から血のついた生首を出した。

「ぎゃっ」

びっくりして、思わずヘンな声が出た。よく見ると、それは美容院とかに置いてあるカットマネキンの首に、赤い色が塗られているだけだった。

「もう、びっくりするじゃんっ」

「うん、それなら使えそうだね」と藤原さんは平然と言った。

藤原さんが次々とマネキンをテーブルに並べていく。全部で四つもあった。

「よ、よく持ってきたね」

「重かった」

「どうやってこんなに集めたの？」

「うちのお母さんが美容師でお兄ちゃんは美容師見習いだから、お店で捨てる前にもらってきてってお願いしたんだ」

「えー、これってふつうは捨てちゃうものなの？」

「うん。何回か使ったら」

「うーん、こいつ、顔マジこええ。こっちは……わりと美人だな」

桐谷くんがマネキンの品定めを始めた。

「これ、どうするの？」

「口から血を流してる感じにして、上からつるすとか」

「つるすの大変だったら、転がしてもいいかも」

「あっ、それいい！」

藤原さんの白い頬がピンクになり、目がキラキラし始めた。

「瑛太はゾンビ役で、いきなり立ち上がって驚かしてもらおうかな」

藤原さんがハキハキと提案した。

「オッケー。でも小学生とか、蹴ってきそうでやだわー」

「『全然怖くねえし！』とか言って？」

「そー。『おばけに触れたヤツは失格』って書いとこうぜ」

「失格って、何が失格？」

私が聞くと、桐谷くんはペンを器用に指先で回した。

「おれ、考えたんだけどさ、まずは拘置所のどこかの部屋に参加者の名前を書いたカードを置いといて、それを取ってきてもらうわけ。んで、おばけ屋敷の最後にあるポストにそのカードを入れてゴールできたら景品がもらえるってルールにするのはどう？」

「あっ、いいかも！　宝探しとかミッションクリアみたいな感じ」

「ポストに手を入れた時、スライムかなんかで手をさわってビビらせるのは？　ベタだけど」

藤原さんが提案すると、桐谷くんがにやりと目を光らせた。

「ポストにカードを入れる方に気をとられている間に、マネキンが……」

「怖っ。それいい！」

藤原さんと桐谷くんのアイデアは、どんどんふくらんでいって口をはさむことができない。

マネキンを真剣な顔で見つめている藤原さんの横顔を、桐谷くんがいつになくまじめな顔で見ているのに気づいた。

胸の奥がズキッとする。

ん？　最近の私、こういうことが多い。

桐谷くんをちらっと見る。骨ばった大きな手でノートにアイデアを書き付けている。

「瑛太は？　動画進んでる？」

藤原さんに聞かれると、桐谷くんは頭をかいた。

「いや～、最近、運動部の助っ人が多くて」

「もう、自分がやりたいって言い出したんでしょ」

「あ、でもおれ、怖い効果音探してきた」

桐谷くんがスマホをタップした。

「聞くだけでいやーな気分になるんだわ」

「大げさ〜」

「いや、マジマジ」

スマホから流れてきた音は、本当に三十秒聞くだけでもう十分なくらいだった。

「ねえ、二人とも本当に怖がらせようと思ってない？　あんまり怖いともうシネマに来てくれなくなるかもよ」

ようやく私も会話に加わったのに、なんだか注意しているみたいになってしまう。

「えーっと……そこは、終わってから風間とオーナーにフォローしてもらうっつーか」

桐谷くんが調子よく笑う。

「もう、ほんとにやりすぎないでよ」

「それくらい怖がってくれれば逆にいいんだけどなー」

「まずは瑛太の動画にかかっとるでしょ」

「……一花、プレッシャーかけんなよ」

藤原さんがにやっと笑って、私も桐谷くんも笑ったけど、心の奥がなんだかもやもやしていた。

翌日、帰宅すると裏庭で藤原さんがお墓を作っていた。細長い段ボール箱を組み合わせ、灰色の大きな紙を巻いて、筆で文字を書いている。

古びた灰色の石の感じがよく出ている。真っ赤じゃなくて、青や黒が少しまじったようなリアルな血の色もすっごくうまい。

「南無阿弥陀仏」

「仏」という最後の文字を慎重に書き上げた藤原さんに声をかける。

「おつかれさま」

いつもどおり藤原さんは気づかず、「あれっ、仏がイムになっちゃった」などとブツブツ言っている。

「藤原さん、じょうずだね」

大きな声で言うと、ようやく気づいて藤原さんは手を止めた。

「えっ、この字が?」

「えーっと、全体的に……」

「じょうずっていっても……私作っとるの、お墓だし」

藤原さんは苦笑した。

「私、そんな得意なもの、一つもないから、うらやましいよ」

「う、うらやましい？」

藤原さんが何かヘンなものを見たような目をして聞き返した。

「そんなこと、初めて言われた」

あ、でも、新田先生はほめてくれたことあったかも……でもあれは学校に来させるためだったのか……とまたブツブツつぶやいたあと、ぼそっと言った。

「作ったものって、すごく安心する」

「えっ」

「確実に、目に見えるし、ずっと残ってくれるし」

藤原さんはお墓をじっと見つめた。

「人との間のものは、目に見えないし、さわれないし、形に残らんから……不安になる。他の人には、見えてるんだろうなって思う時もあるけど……それも私にはわからんし」

藤原さんはつぶやきながら、お墓の文字が本当に彫られたように見える影を描き始めた。

「私には……藤原さんの作ったものから、何かが伝わってくる気がするよ」

私がそう言うと、藤原さんが汗をぬぐった。グレーの絵の具がおでこについた。

お墓を本物に見せたい、怖がってほしい。いいものを作りたい。

……何より、楽しんでほしい。

藤原さんは手を止めて、めずらしくまじまじと私の顔を見た。

「ど、どうしたの？」

「私……いつも風間さんにはしゃべりすぎとるね」

「そ、そうかな」

藤原さんは照れくさそうにもう一度影を描き始めると、またひとり言みたいにぼそっと言った。

「きっと、風間さんが、私の話を、ちゃんと聞いてくれとるからだね」

そして、手を止めて、お墓に向かってつぶやいた。

「話すこと……って、聞いてもらうこと、だったんだね」

雨が降ってきた。急いでお墓を持って家の中に飛び込んだ。

カフェコーナーをそっとのぞくと、やっぱりお客さんがだれもいなかった。

（雨の水曜日の夕方だもん、しかたないよね）

自分に言い聞かせるけど、いつもちょっとがっかりしてしまう。

でもさっこちゃんは何も気にしていないみたいに、店内の模様替えをしていた。

「あ、史織お帰りー。ちょっと手伝ってー」

さっこちゃんは壁にポスターを貼ろうとしていた。

藤原さんが上を押さえ、私が下を持ち、ピンで留めた。

「『創造と神秘のサグラダ・ファミリア』」

藤原さんが紙で作った教会が、ポスターの中にその神秘的な姿を現していた。

「わ、上映するんですか？」

「うん。七月、八月にね」

さっこちゃんは目をきらっとさせた。

「物事をうまくやるために必要なこと。第一に愛、第二に技術」

さっこちゃんが藤原さんの目を見た。

「アントニ・ガウディの言葉よ。藤原さんは、そのどちらも持っているね」

藤原さんは大きな目をさらに見開くと、「い、いえ」と首をふった。

ブックコーナーの机の上で、藤原さんはおばけ屋敷で使う額縁の中の肖像画を描き始めた。当日は、この肖像画の横に顔を白くした藤原さんが並び、飛び出す予定だ。

私は、「おばけ屋敷」宣伝用のポスターと、チラシを作り始めた。

でも油性マジックで文字を書くことくらいしかできない。

「藤原さん、何かイラスト、描いてくれないかな」

「うん、いいよ」

藤原さんは空いたスペースにささっとおばけのイラストを描いた。

「はあ～やっぱ、うまいなあ」

藤原さんはおばけを描き終わると、小さくアルファベットのサインを入れた。

「あっ、かっこいい。ＩＣＨＩＫＡって書いてあるんでしょ？」

「うん。読める？」

「ねえ……私も一花って呼んでいいかな」

「うん。私も……名前で呼んでいい？」

「うん」

「あ……雨、やんだみたい」

カエルの声が聞こえる。窓の外はさっきまでのうす暗さが消え、夕焼けの色に染まっていた。

3

「うわあ、海が、家の上に見える」

拘置所のある坂の上から来た道を振り返ると、思わず息を呑んだ。

坂の途中にある家の向こうの海岸が遠くに見えるから、海が家の上に浮かんでいるみたいだ。

「坂の上までのぼると、こんな景色が見えるんだ」

「おお、そういえばそうだな」

桐谷くんが一眼レフでカシャッと撮影した。

「今まで、なんとも思ってなかったなあ」

一花も海を見つめている。

今日は、きもだめしをスタートする前の怖い動画を拘置所まで撮りにきた。

高い灰色のコンクリートの塀にはツタがびっしりとからまり、階段を少しのぼったところにある白い鉄格子の門はさびついていて、その奥の拘置所はひっそりとしていて暗い。

もうこれだけで十分怖い気がするけど、一花にヘアメイクをしてもらい、私が幽霊役で動画に登場することになった。

「うっ、不気味」

鏡を見ると顔を白く塗り、目の下や頬骨の下を黒くして、シワが入り、口から血を流したようにメイクした私が映っていた。

「じゃあ、風間。そこから手だけ出して手招きして」

「う、うん」

こ、こうかな?

私は門の中に入ると、鉄格子から手首だけを出してくいっくいっと曲げた。

ブハッと桐谷くんが吹き出した。

「早すぎっ。それじゃ『ねえねえ奥さ〜ん』みてえだし」

「……言えとる」

一花も笑いをこらえてる。

「うーん、どんなふうにしたらいいの？」

「もっとゆっくり、怖そうにやってよ」

桐谷くんが手をしならせて、ひらりひらり上下させる。

「そ、そうだよね。ごめんごめん」

今度はゆっくりとやってみた。

「うーん、なんかイマイチ迫力がないんだよなー」

桐谷くんが腕組みをする。

はあ……。手招きがこんなに難しいとは。

「血のりでもつける？」

最近、血のりにはまった一花は、なんでも血のりで染めたがる。

「うーん」

桐谷くんが突然、パッと一花の手を取った。

「よしっ、一花の手でやってみっか」

ドキッと胸が鳴る。

「もう、なんだよ急に！」

「わ、すまん」

一花に怒鳴られて、桐谷くんは両手を目の前で合わせた。

今度はチクッと胸が痛んだ。

一花が自分の手をまじまじと見る。色の白い指は長く、手首なんて折れそうなくらい細い。一花の手、あんなに華奢だったんだ。

「しょうがないな。やってみるよ」

一花が門の中に入ると、桐谷くんがシャツの袖をたくしあげて、一眼レフを構えた。

レンズの角度を調節している腕の筋が目に入って、またドキッとした。

……もう、私ってば。なんでドキッとしてばかりなんだろう。

一花の手招きはそっけない感じが逆に怖かった。

「よーし！」

桐谷くんが一発オーケーを出した。

「じゃあおれ、もう少し撮ってくから帰っていいよ」

真剣な顔でレンズをのぞき込んでいる桐谷くんをもっと見ていたいと思いながら、拘置所の外に出た。

小さいころ、ツタがからまり、赤茶にさびついた門の鍵は、決して開けられないものだと思っていた。

中になんて入れやしない、いや、もし可能でも絶対に入りたくないと思っていた場所。

そこに入って、動画まで撮ってきたなんて。

坂を下る途中、気がゆるんでつい本音を一花にもらしてしまった。

「一花と桐谷くんって……仲いいよね」

「ええっ、瑛太と私？　昔、住んでたアパートが一緒だったから、生まれた時からのくされ縁だよ。弟が生まれてよけいせまくなったから、うちはボロ家に引っ越したけど」

一花は「ないわー」というように手を大きく横にふった。

「まあ、私のことよく知っててスルーしてくれるから、あいつといても疲れないけどね」

……そういうのってうらやましいな。

思ってから、ハッとした。
あれっ、私(わたし)……。
もしかして、桐谷(きりたに)くんのこと……。
うそ……。
白塗(しろぬ)りした顔が一気に赤くなるのがわかった。

第11章 おばけ屋敷(やしき)

1

ジーウジウジウ
ジーウジウジウ
蝉(せみ)が鳴き始めるころ、さっこちゃんはカフェのメニューにかき氷を加えることにした。
門の横に紺色(こんいろ)の「氷」の旗がたなびいている。

でも、今日もカフェにはお客さんがいない。

いよいよおばけ屋敷開催まであと十日になった。

桐谷くんはサッカー部に駆り出され、一花と私でシネマに集まった。

「さっこちゃん、おばけ屋敷の申し込み、どう？」

「それが……」

まだ、三人しか申し込みがないということだった。

「やっぱり、十人以上は来てほしいよね」

「もともと、子どもが少ないからなあ……」

みんなのテンションが一気に下がる。

一花の作ったお墓や血だらけのマネキン、桐谷くんの作ってくれた動画を思い出す。

「私……小学校や保育園から帰るお母さんと子どもたちに、チラシ配ってみようかな」

「ええっ」

二人が同時に私の顔を見た。

「小学校から帰る時、よく塾やサッカーのチームが消しゴムやティッシュを入れた案内を配ってたんだよね」

「……本当に、やるわけ？」

一花が私の顔をのぞき込んでくる。

「だって、せっかくみんなが用意してくれたんだし。子どもたちに来てほしいし」

自分だけのことだったら、絶対こんなことやろうとは思わない。

でも、みんながこれだけがんばってくれたことをむだにしたくない。

「じゃあ……私も行くよ」

一花が言った。

「私と瑛太の通ってた小学校と保育園だし」

さっこちゃんが小学校と保育園に電話をしたところ、小学校ではチラシを持っていけば興味のある子が持って帰るという方式にしているということがわかった。

火曜日の放課後、一花と一緒に保育園に行くことにした。

遊具が二つあるだけのせまい園庭を通り、入り口のドアをくぐるとすぐに事務室があった。さっこちゃんが連絡を入れてくれていたおかげか、事務室にいた年配の女性の先生がすぐに私たちに気づいてくれた。

「一花？　久しぶり。大きくなったねえ」

「あ、園長先生。お久しぶりです」

園長先生が目を細めた。

私が「こんにちは」と頭を下げると、「あなたが風間さんのお孫さん？　おばあちゃんのシネマ、すごく良かったよ」とニコニコした。

園長先生はシネマに足を運んでくれたことがあるらしかった。

「帰る人のじゃまにならないようにして、最後にゴミが出たら掃除してくれれば大丈夫だからね」


保護者のお迎えの時間少し前に保育園の前に立つ。

はずかしくて、横に立っている一花に近寄ってしまう。

「風のシネマ」のためだ。がんばろう。

最初に門から出てきたお母さんは、赤ちゃんを片手に抱っこしたまま「はやくはやくっ」と園児の手をひっぱると、急いで駆けぬけていった。

チラシを渡そうとした手が思わずひっ込む。

一花をちらっと見る。

「次、がんばろ」

「うん」

一人だったら、もう帰りたくなるところだ。一花が一緒に来てくれて、本当に良かった。

次は、お母さん二人組がおしゃべりしながら出てきた。

つばをごくっと飲む。

「か、『風のシネマ』です」

思いきって言ったのに、声が小さくなってしまった。

お母さんがきょとんとした顔でチラシを受け取る。

「あ、これ、京町にできたミニシアター？」

もう一人のお母さんに一花がチラシをすかさず渡す。

「今度、ここでおばけ屋敷をするんです。良かったら来てください」

「へえ～」

「あ、それより、そこに立ってるとじゃまだよ。もうちょっと門から離れたら」

「は、はい。すみません」

お母さんたちに頭を下げる。

次に男の子の手を引いて出てきたおじいちゃんは、チラシを渡すと「あんたたち、風間さんの孫かなんか？」

と、まゆを寄せて聞いてきた。

「あ、はい。そうです。よろしくお願いします」

頭を下げると、「子どもにこんなことまでさせて……やっぱりお客さんが来んのかねえ」とブツブツ言って去っていった。

頭にカーッと血がのぼった。一花は「ジジイめ」とぼそっと言うと、さっさと場所を変えてまたチラシを配り始めた。

一花のマイペースぶりが、今日はすごく頼もしい。

その後は無視されたり、捨てられたりするんじゃないかと思ったけれど、意外とみんなちゃんと受け取ってくれた。

「そろそろ、終わりかな」

時計を見ると、六時近くになっていた。

紙袋の中のチラシをのぞき込んでいると、「あれっ、何やってんの」と息を切らせた声が聞こえた。

顔を上げると、佐奈が通りすぎていった。

「あれっ、今の佐奈？」

「あ……うん」

一花が気まずそうにうなずく。

「佐奈の一番下の妹……ここに通っとるから」

佐奈はあっという間に園から小さい女の子の手を引いて出てきた。

そして一花をちらっと見ると、私に話しかけてきた。

「しおりん、何やってんの？」

「うん、今度うちのおばあちゃんのやってるシネマで小さい子向けのおばけ屋敷をするから、案内のチラシを配ってたの」

「ふーん」

渡していいか迷っていると、佐奈の妹が「ほしい～」と手を伸ばしてきた。

「はい、どうぞ」

しゃがみ込んで渡すと、佐奈の妹は「……ありがと」と小さな声で言った。

「佐奈はお迎え？」

「うん、今日は母さんが夜勤で父さんも帰りが遅くなるって言うから。部活終わったばっかりなのにさ」

佐奈の妹はきょろきょろと私と一花の顔を見つめた。

「おばけ屋敷なんてやるの？」

「うん、今度、小さい子向けのアニメも上映するから、その前にシネマのこと、お母さんとか、小さい子どもたちにも知ってほしいと思って」

「おばけ屋敷、行きたーい」

妹がジャージをひっぱると、佐奈がチラシを見た。

「これ、しおりんが作ったの？　うまいね」

「あ、私は文字だけ。絵は一花が」

佐奈が、またちらっと一花を見ると、妹の手を握った。

「理奈、帰るよ」

「おばけ屋敷、行きたいーっ！」

「今日じゃないんだよ」

佐奈に手をひかれると、理奈ちゃんは「バイバイ」と手をふって帰っていった。


十日たち、ついにおばけ屋敷当日になった。

夕方六時に、一花と桐谷くんがやってきた。

「申し込み、ありましたか？」

桐谷くんがさっこちゃんに聞く。

「おかげさまで、あのあと申し込みがあって、全部で十人くらい来てくれそうだよ」

「やった！」

桐谷くんが両手を上げて私を見た。

思いきってハイタッチする。

桐谷くんの手は、思っていた以上に大きかった。

その後、桐谷くんは一花にも「いえーい」と言って両手を上げていたけれど、思いきりスルーされて、私はちょっとほっとした。

一花の作ってくれたお墓や、マネキンを配置する。

桐谷くんが、決められた場所に置いたあとも、お墓を見つめていた。

まっすぐな視線に、熱がこもっているのがわかる。

「……一花……いいよな」

桐谷くんが、だれにも聞こえないくらいの小さい声でつぶやくのが聞こえた。

えっ、今の、どういう意味……？

ドキドキして、桐谷くんのつぶやきが体の中を駆けめぐる。

一花……いいよな、って言ってなかった？

「いいよな」って……。

「史織ー、暗幕ひっぱってー」

父に言われて、ハッと我に返る。

いけない。こんなこと、気にしている場合じゃない。

でも気になって、暗幕をひっぱる時にもう一度桐谷くんを目で追った。

桐谷くんの目は、一花を見ていた。

「じゃあ、これからきもだめし&おばけ屋敷を始めまーす」

シネマに集まった子どもたちが一斉に私の方を向く。

五歳の女の子は、お母さんのスカートをぎゅっと握り、顔を半分うずめたままこっちを見ている。

四歳の男の子はお母さんのひざにのったまま、早くも顔をこわばらせている。

坊主頭の一年生の男の子二人は、歯の抜けた顔でニコニコ笑いながら、次の言葉を期待している。

その隣によく日焼けした小学校五年生くらいの男子三人と、大人っぽい四年生の女の子二人組に、小柄でポニーテールの二年生女の子。

「えっと、全部で十人かな？」

さっこちゃんの用意した名簿を見て人数を数え終わると、シネマの入り口の戸が開く音がした。

桐谷くんの「おーっ、池本じゃん」っていう声がして、佐奈がシネマに入ってきた。

「あっ、佐奈。来てくれたの？」

「うん。妹が来たいって言うから」

保育園で見た理奈ちゃんが、かわいいワンピースを着て、佐奈の陰に隠れている。

「佐奈、ありがとう！」

いつもシネマで見るのは年配の人が多いから、子どもがたくさんいるだけで私はうれしくなった。

「じゃあ、最初にここから坂をのぼった拘置所に行きます。みんな、拘置所は知ってるかな……」

私が言い終わらないうちに、部屋の電気が消え、後方に置いてあったテレビの映像が映った。

（一花、タイミングばっちり！）

真っ暗な画面から桐谷くんがセレクトした「……キッキッ……キャハハ……」という子どもの笑い声のような、金属がこすれるような高い音だけが聞こえてくる。

何度聞いても、黒板をつめでひっかいた時のような気分になる。

暗かった画面が徐々に明るくなり、ぼんやりとした拘置所の入り口が浮かび上がる。

白い門は、ところどころ赤茶色にさびついている。うす汚れた灰色のコンクリートの壁。ツタがその壁を覆いつくしている様子があざやかな色で映し出されると、またモノクロに変化した。

「みなさん……拘置所を知っていますか。昔、無実の罪でとらえられた女の霊が、今もトイレにいると言われています」

一花の押し殺した声を聞いて「やだ……」と女の子の声が聞こえた。

「こんなのウソだし」と男の子の威勢のいい声も。

画面に、長い髪で顔がほとんど隠れた女が現れた。

(私、怖っ)

画面の中の私は、口だけがかすかに映り、赤い血を流している。頭部のアップから、徐々にカメラが引き、シャツを着た上半身が映し出される。モノクロなのに、赤い血が胸からも噴き出したかと思うと、白い手で手まねきをして、映像がとぎれた。

「今日のミッションは、拘置所の医務室に行き、自分の名前の書かれたカードを取ってくることです」

「怖あぃ」

小さい男の子の声がして、お母さんが「大丈夫、大丈夫」とささやくのが聞こえた。

(やっぱ、動画はやりすぎだったかな)

みんな、行きたくないって言い出したらどうしよう。

「カードを取ってきたら、シネマにもどってきて、おばけ屋敷に入ってください。おばけ屋敷のゴール近くに、カードを入れるポストがあります。そこに無事にカードを入れることができたらミッション成功です。無事にもどってきてくださいね。無事に……」

そこで映像がとぎれ、部屋の明かりがついた。

「いやー怖い、どうしよう」

女の子二人組が手を取り合ってきゃあきゃあ言い出した。

「ねえ、ミッション成功したらなんかもらえんのー？」

歯の抜けた男の子たちが威勢のいい声で聞いてくる。

よしよし、ほどよく怖がってる感じかな？

「ミッションが成功したら、何かいいことがあるかもしれません。では……」

私は声をひそめた。

「スタートです」

一人ひとつずつ懐中電灯を渡す。そして、私と桐谷くんは、子どもたちが靴をはいている間に裏口から抜け出した。

父が先頭で歩き、その後ろに子どもたち、そして最後に一花がついていく予定だ。その間にさっこちゃんは打ち上げの準備をしている。

夜は外灯がついているとはいえ、うす暗かった。

「はー、私まで怖くなってきちゃった」

「風間が怖がってどーすんだよ」

「……映像、よくできすぎなんだもん」

「だろ？　やっぱおれって天才かな」

桐谷くんがえらそうに言った。

拘置所に着くと、白い鉄格子の扉を開けて医務室に行き、バッグから箱を出して、今日参加してくれた子どもたちの名前を書いたカードを並べた。

「これでよし、と。あとは……」

一花が片栗粉と赤と緑の食紅で作ってくれた血のりを取り出して、口の下に塗った。

「どう？　これでいいかな？」

桐谷くんに聞くと、プッと笑われた。

「それじゃ、全然わかんねえよ」

「うっそ。あー鏡持ってくれば良かった」

血のりを口の周りに塗りたくろうとすると、坂の下の方から、小さい子たちの声が聞こえてきた。

「わっ、もう来ちゃった！」

「もう、しかたねえなあ。貸せよ」

桐谷くんが血のりを指に取ると、「動くなよ」と言って、私の口の下に塗り始めた。

うわっ……。

思わずぎゅっと目を閉じる。

男の子の少し汗のまじったにおいがする。

さっきからドキドキしている心臓が、さらに鼓動を速くした。

桐谷くんがいつになく真剣な声で「これでいいかな……」とつぶやいた。

目を開けると私の口元からのどに視線を移している。

顔がカッと熱くなり、思わず目をそらした。

唇、カサカサだったかな。

心臓の音、聞こえてたりしないよね？

……って、ナニ考えてるんだ、私は！

ブハッと桐谷くんが吹き出した。

「なんで笑うの？」

「いや、わりぃわりぃ。ブハハ……」

桐谷くんは笑いが止まらない。

「やべえ。トマトソースのパスタをガツガツ食べたヤツみてえ」

「えー、全然怖くないじゃん」

声が近づいてくる。

「ほら、もうしかたねえから、髪、ぐしゃぐしゃってやって！」

桐谷くんが私の髪をかきあげて、前に持ってくる。

大きな手の感触に、また一瞬ドキッとしたけど、もうドキドキしてるヒマがない。

「よし、かくれるぞっ」

電気を消して、二人で医務室の奥に座り込んだ。

せ、せまい。桐谷くんに心臓の音が聞こえませんように。

「拘置所のサダコさーん、いますかー」

「いませんよぉっ」

男の子二人組がふざけて入ってくる声がした。

桐谷くんがスマホから、怖い音声を流す。

「うわあ、びっくりしたあ」

わざとでかい声を出しながら、男の子たちが近づいてくる音がする。

「えーっと、カズイチ……カズイチ……あった！　おれの名前のカード」

カードを取る男の子たちを、背後から声をひそめてのぞき込んで、「ワッ」と脅かした。

「うわああ」

威勢の良かった坊主頭の子が、もう一人の男の子にすがりつく。

男の子も「やべーっ」と言って、入り口に向かって走っていった。

「大成功～」

髪のすき間からにこっとすると、桐谷くんがつぶやいた。

「風間、怖っ」

2

全員がカードを取っていった。

急いでシネマにもどって顔を洗うと、今度はスライムとマネキンを用意した。

先にもどっていた一花は、肖像画そっくりに顔をペインティングしていた。

「一花、じょうず！」

「これ、動いたら怖いわ」

ひそひそ言っていると、お父さんが「スタンバイして」と声をかけてきた。


おばけ屋敷が始まった。

暗幕をひき、新田先生が学校に許可をもらって貸してくれたパーテーションに黒い布をかけて区切られたシネマの中は、電気を消すと真っ暗になった。

最初に、高学年の女の子たちが懐中電灯を持ってやってくるはずだ。

もうすぐ一花が顔だけ飛び出す肖像画のところを通りすぎるかな……思うと、さっそく「きゃあ」と悲鳴が聞こえた。

成功、成功。

その後、桐谷くんの「うおおお」と太い声が聞こえたかと思うと、女の子たちの「キャハハ」という笑い声が聞こえた。

……桐谷くん、不発か。

その後は、不気味な音だけが続き、最後は段ボール箱をつなぎ合わせて作った大きなこのポストにやってくる。

裏側で待っていると女の子の足音が聞こえた。

「あ、ポスト」

「ここにカードを入れるの？　やだ、怖い」

「絶対何か出てくるよね」

私は女の子が手を入れてくると、そっとスライムを当てた。

「ぎゃあ、何かさわってきた！」

「え、なになに」

「つめたーい。気持ち悪い」

そろそろ、お父さんがマネキンを転がすタイミングだ。

「いやーっ」

「何これー」

成功！

やっぱり最初は女の子にして良かった。待ってる子たちも、ドキドキしてるかな。

次は、歯の抜けた男の子たちだ。

「うおおお」

「おめえは怖くねえし！」

男の子たちの威勢のいい声が聞こえてきて、桐谷くんのムッとした顔が浮かんできた。


部屋の明かりがついた。一花がポストの向こう側から妖怪ふうの化粧をした不気味な顔で「全員終わったよ」と声をかけてきた。

いつもは静かなブックコーナーが、キッズルームになっていた。

さっこちゃんが手作りのクッキーやケーキをカラフルな紙皿に並べ、ジュースを配った。

佐奈が「しおりん、おもしろかったよ」と言って、私の隣に座った。

「池本～おれの作った動画、どうだった？」

桐谷くんの声が上からふってきた。

「えっ、あれ桐谷が作ったの？　すごいじゃん」

「だろっ？」

桐谷くんが得意そうな顔をすると、佐奈がたずねた。

「じゃあ、あのお墓とか、マネキンとかはだれが作ったの？」

「ほとんど一花」

「ふーん……」

佐奈は無表情でつぶやいたけど、女の子たちのそばに座っている一花の方に目を向けた。

「一花、あんなの、作れるんだ」

「すげえだろ」

桐谷くんが佐奈の隣にしゃがみ込んだ。

「あいつ、マジで才能あるから。おれなんて、手の届かないくらい」

落ち着いた口調と目線で佐奈に話す桐谷くんの表情は、真剣だった。

「うん……本当に、すごいと思った」

あれっ。佐奈の口調から、一花を下に見ている雰囲気が消えている。

桐谷くんが男の子二人組に呼ばれた。

「おーい、おにーさーん、腕ずもうしよー」

「よっしゃ。負けねえぞ」

「もしかしてさっき、ゾンビになってたの、おにーさん？」

「チガイマス」

「やっぱ、そうだ。全然怖くなかったし」

「うるせえー。てめえら、二人でかかってこいよ」

桐谷くんが腕ずもうを始めると、理奈ちゃんが泣きべそをかいてやってきた。

「おねえちゃーん、ジュースこぼしたあ」

「ええっ、何やってんのよ！」

佐奈が怒ると、一花がさっと立ち上がり、「大丈夫だよー。ふけばとれるからね」

と、ふきんを取ってきた。

「……ごめん」

佐奈が謝ると、一花は小さく首をふった。

「おねえちゃん、ありがとう」

理奈ちゃんが言うと「よーし、お代わりしよう」と、一花は手を引いて、ペットボトルの並べられているところへ向かった。

「……みんな、楽しそうだね」

「うん、良かった。たくさん来てくれて。佐奈もありがとう」

「芸術部、こんなことしてたんだ」

「バスケ部に比べて、ゆるいでしょ？」

「ほんっと、ゆるいわー。特にあいつ」

佐奈が指差した桐谷くんは、歯の抜けた男の子たちを腕ずもうでノックアウトしていた。

「本格的だったから、びっくりしました」

麦茶を飲んでいた一人のお母さんが言うと「ほとんど、うちの孫と友だちが考えてくれたんですよ」とさっこちゃんは誇らしそうに笑った。

「うわさには聞いていたけど、シネマの場所ってけっこう広いんですね」

「ええ。定員二十名入れるようになっとるんで。今度、チェコのアニメを上映するので、ぜひ遊びに来てください」

「子どもがさわいだらと思うと、なかなか来られなくて」

もう一人のママが、赤ちゃんをあやしながら言った。

「キッズデーを設けますから。その日は多少声をあげても、赤ちゃんが泣いても、トイレに立ってもOKな日にするんで、ぜひ」

「わあ、うれしい。必ず来ますね」

「ママ、チェコのアニメ?」

男の子が聞くと、

「チョコじゃなくて、チェコって国だよ」

一花が地球儀を持ってきて、くるくる回した。

「チェコはここ。日本はここだよ」

「わあ、けっこう近い？」

「うーん、地球儀だと近いけど、本当は遠いんだよ……」

私は室内を見渡した。

どの子も楽しそうな顔をしている。

良かった……。みんな喜んでくれて……。

「炭酸はどこに行った～？」

桐谷くんが立ち上がってきょろきょろした。

「おれたちもー！」

「おまえたちにはまだ炭酸は早いわ！」

「なんでだよ。おれ、炭酸ペットボトル一気できるし！」

「はあ～そりゃすげえな。おれはできん！　うわははは」

男の子二人がハイタッチする。

「勝ったー」

「まだ負けてねえぞ」

桐谷くんに炭酸を渡すと、一気飲みを始めた。

そして男の子たちに負けを認めると、バッグから一眼レフを出して動画を撮り始めた。


みんなを見送って、ふと空を見上げると、星が空一面を覆っていた。

真っ黒な夜空に、ぎっしりと、白く、大きく、星がまたたいている。

うれしくて、ほっとして、星がきれいすぎて、声が出ない。

「史織、どうしたの」

「星……すごいね」

佐渡に来てから、星を見たことはあったと思う。でも、今日は特別に光っている気がする。

「一花、桐谷くん、ありがとう。二人がいなかったら、絶対成功しなかった」

「そうだろう、そうだろう」

桐谷くんがまたえらそうに言った。

「私……何も思いつかないし、作れなくて……ごめん」

「いや、拘置所の風間さんは、めっちゃ迫力あったし」

桐谷くんは思い出したように笑った。

「……ポスターやチラシを作って子どもたちを連れてきたのは、史織だよ」

一花の言葉に、首を横にふろうと思ったけど、素直にうなずいた。


父が二人を家まで送っている間に、さっこちゃんとお皿を洗った。

「史織、おつかれさま。大成功だったね」

「疲れたけど……喜んでくれると……やって良かったな、って思う」

「史織は、人が喜ぶ顔を見るのが好きなんだね」

「えっ」

「今日も、ずっとニコニコしていたじゃない。ここに来てから史織のあんな顔、初めて見た」

「そ、そうかな」

「人がうれしそうにしているのを喜ぶのって、意外と難しいのよね」

「えっ」

「簡単そうなのに、難しいのよね」

さっこちゃんはビンをゆすぎ始めた。

「藤原さん……一花ちゃんも、すごく明るくなったよね」

「うん。学校であんな一花、見たことない」

お菓子の香りがせっけんのにおいで消えていく。

今日のイベントは、終わったんだな、って思った。


ふとんにつっぷした。

新潟にいる時は、いつもいつも疲れていた気がする。でも、今日の疲れは、その疲れとは全然違う。

(またやりたい。でも、来年は中三だもんなあ)

一花は受験勉強バリバリしてそうだし、桐谷くんもつき合ってくれるかどうか……。

でも……もし手伝ってもらえなくても、私だけでもやりたい。

私は……私が、救われたんだ。喜んでもらって。

ずっと、母には、ほとんど喜んでもらえなかったから。

一番、喜んでもらいたかったのに。

立ち上がると、押入れの中の母が送ってきた洋服の入っている箱を開けた。中には、水色のワンピースが入っていた。

（お母さん、私……もう小学生じゃないんだよ）

くくっと笑いがこみ上げる。

（最近の私は、ジーンズばかりはいているよ。お母さんの嫌いだった、穴の開いたジーンズ）

母に、喜んでほしかった。いつもいつも。何回がっかりしても。

いつか喜んでくれる。「がんばったね」「うれしい」って言ってくれる。

そう、ほとんど言ってもらえなかった言葉を期待ばかりしていた。

私のやったことで、あんなに喜んでもらえたのは、初めてだったかもしれない。

これからも、お客さんが来てくれますように。

ここで楽しんで帰ってくれますように。

八月に入ると、お客さんが急に増えた。

かき氷を食べてから、ブックコーナーで涼んでいく観光客がいたり、おばけ屋敷に来てくれた四年生の女の子たちが、友だちを連れて映画を見に来てくれたりした。

お盆には、りょうさんの知り合いの人たちが団体でマイクロバスに乗り、島の反対側からやってきてくれることになった。

「風のシネマ」の定休日、買い物でさっこちゃんが留守にしている時に電話がかかってきた。

母からの電話はいつも夜だし、もしかしてお客さんの問い合わせかもしれないと思い、おなかにぐっと力を込めてから受話器を取った。

「はい、風間です」

しばらく間があったあと、受話器の向こうからよく知っている声が聞こえた。

「……史織？」

母の声だと気づいたとたん、体が硬くなった。

どうしよう。このまま切ってしまいたい。

でも、それができないことは、自分が一番よくわかっていた。

「……はい」

「史織、史織なの？　元気にしているの？」

「……はい」

さっきお茶を飲んだばかりなのに、のどが渇ききったように声が出ない。返事をするので精一杯だ。

「荷物、届いた？」

「……うん」

「学校はどう？」

「毎日、ちゃんと行ってる。楽しい。一度も休んでないよ」

これは本当だ。

そして、これをちゃんと言っておけば安心するだろうと、はっきり言った。

「そ、そう……良かった……」

母が上ずった声をつまらせた。

「史織は夏休みなのに、こっちに帰って来ないの？」

私の返事が短いのを埋めるように、母は早口でしゃべる。

「部活が忙しくて」

母の思いと違うことを言うと、なぜ心臓が縮むような気がするんだろう。

「芸術部なんて、そんな……大したことしてないんでしょ。運動部よりは休みやすいんじゃないの？　こっちのおじいちゃんとおばあちゃんも史織の顔を見たがってるよ」

一瞬でも気をゆるめると、母の言うことにうなずいてしまいそうになる。

「さっこちゃんのこと、手伝いたいの。それが芸術部の活動にもなるし」

自分のことを言われるより、芸術部のことをばかにされるとムカッとした。

「お母さん、やっぱりいつも史織のことが心配で」

——心配。

その言葉で、ずっと私をしばり続けていたくせに。

勝手に心配していればいい。ずっと、一人で勝手に……。

ハッとした。

私、お母さんともう一緒に暮らしたいって思ってない？

ずっと、ずっとこのままがいいって思ってる……？

だまっていると、母の声のトーンが明るくなった。

「こっちのおばあちゃんの具合、だいぶ良くなってきたの」

……それは、おばあちゃんにとってはいいことだ。

でも。

「史織が帰って来ないなら、お母さんが佐渡に行こうかな」

何か言わなきゃいけないのに、のどがふさがれたみたいに声が出てこない。

頭がジンジンしてくる。

思わず電話を切った。


自分の部屋へ駆け上がる。

切った。

母からの電話を切ってしまった。

切ったことも怖い。でも母と会いたいとも、もう一緒に暮らしたいとも思っていない自分の方が怖かった。

二階の部屋は暑く、汗がじわっと額ににじんでくるのに、体がふるえだし、タオルケットにくるまった。

玄関の扉が開く音がした。

「ただいまー」

さっこちゃんの声がする。でも、声が出ない。

「史織ー、いないのー？」

さっこちゃんは階段の下で声をかけると、二階に上がってきた。

そして、私の部屋の戸をたたいた。

「史織、いる？」

「……いる」

なんとか返事をすると、さっこちゃんが「入っていい？」と声をかけてきた。

「……うん」

さっこちゃんはそーっと様子をうかがうように戸を開けた。

「どうしたの？　具合でも悪いの？」

タオルケットにくるまった私を見て、さっこちゃんは心配そうにたずねる。

「……お母さんから電話があった」

「……そう」

さっこちゃんはさらっと言うと、タオルケットの上から私の頭をなでた。

「……私が新潟に帰らないなら、佐渡に行こうかって言ってた」

さっこちゃんは何も言わずに頭をなで続ける。

「……私、お母さんに会いたくない」

さっこちゃんに、こんなことを言ったのは初めてだ。

「史織は……史織の気持ちを大事にして、いいんだよ」

さっこちゃんはタオルケット越しに、きっぱりと言った。

「でも、もう大事にしているのかもね」

「えっ」

タオルケットからもぞもぞと顔を出すと、さっこちゃんがプッと笑った。

「お母さんからの電話、切っちゃったんでしょ」

さっこちゃんの口元を見ていると、ふるえが止まり、私も笑いがこみ上げてきた。

怖くない。母も、私も。

一番怖いのは、自分の気持ちにうそをつくことだ。

第12章 「ニュー・シネマ・パラダイス」

1

制服の衣替えからしばらくたったある日の放課後、帰宅するとさっこちゃんが電話で話をしていた。

「……そう、うん。りょうちゃんも無理すんなや。じゃあ、またかけるね」

さっこちゃんはそう言うと、電話を切った。

「ただいま。りょうさんと話してたの？」

私が聞くと、さっこちゃんは「おかえり」と言ってから話を続けた。

「うん……。次に上映する作品、瑛一さんが好きそうだし、暑さも落ち着いてきたから、シネマにお誘いしたんだけどね」

「……無理みたいなの？」

さっこちゃんは静かにうなずいた。

「……瑛一さん、車いすで面倒かけちゃいけないし、咳込んだり、すぐにお手洗いに行きたくなったりする時もあるから、シネマに行くのは遠慮するっていつも言っとるんだって」

たしかに、小さいシネマだから出入りすると光がもれやすいし、咳込むとみんなに聞こえるだろう。

「でも、おじいちゃん、あんなに映画館に行きたがってたのに……」

病院で映画のことを話してくれた時の、おじいちゃんの顔を思い出す。

「ニュー・シネマ・パラダイス」っていう映画が好きって言ってたっけ……。

他のお客さんに遠慮しないで、おじいちゃんがシネマで映画を見られる方法ってないのかな……？

さっこちゃんを見ると、何かを考えているように目を閉じている。

そして、目を開けたかと思うと、両手をパン！と合わせた。

「よーし、決めた！」

「えっ、何を？」

「来月の週末のどこかでお店を臨時休業して、瑛一さんとご家族だけの上映会をやろう！」

「うわー、それいいね！　でも……シネマを休んでしまっていいの？」

「本当は一日でも休みたくないけど、平日だと瑛二さんご夫婦は仕事があるし、瑛太くんや史織は学校があるしね」

私がうなずくと、さっこちゃんは言った。

「瑛一さんのおかげで私は映画と出会えたから……瑛一さんには絶対に『風のシネマ』で映画を見てもらいたいんだよ」

「じゃあ、上映するのは……？」

私が聞くと、さっこちゃんはふふっ、と笑って言った。

「もちろん、『ニュー・シネマ・パラダイス』」

翌日、学校へ行くと、男子とじゃれている桐谷くんに話しかけた。

「き、桐谷くん。さっこちゃんが来月の週末のどこかで、桐谷くんのご家族をシネマに招待するって言ってたよ」

「あっ……もしかして、『ニュー・シネマ・パラダイス』を上映してくれるの？」

「そう！　貸切上映会だよ」

「……マジで？　だったらじいちゃんも行けるよな」

桐谷くんが右手の拳を体にぐっと引き寄せた。

「本当はさ、じいちゃんの誕生日祝いにおれが『風のシネマ』に招待しようと思ってたんだ」

「えっ、おじいちゃん、誕生日近いの？」

「ああ。来月だよ」

「じゃあ、みんなで……上映会のあと、お祝い会もしようよ！」

「うわー、じいちゃん、それ聞いたら喜ぶなあ。きっと」

桐谷くんが口を大きな手で押さえると、優しい目をした。


帰宅して、さっこちゃんにパーティーの提案をすると、すぐに乗ってくれた。

「いいわねえ。すぐりょうちゃんに連絡しなくちゃ」

さっこちゃんがりょうさんに電話している間、私はカフェオレを飲みながら桐谷くんの顔を思い浮かべていた。

小さい子みたいに、うれしさが隠しきれずにあふれ出ていた。

ただ映画を見て、食事をして、それで終わりじゃなくて。

桐谷くんのおじいちゃんが喜んでくれること……もうちょっと何かないかな？

初めていすをもらいに行った洋食屋さんの「雨に唄えば」のポスターや、大きなテレビが頭に浮かんでくる。

おじいちゃんと初めて会った日、桐谷くんとおじいちゃんは撮影したばかりの動画のチェックに夢中だったっけ……。

そして、いつもレンズをのぞき込んでいる桐谷くんの横顔。

……そうだ！

私は思い浮かんだアイデアをさっこちゃんと桐谷くんに、すぐに相談した。

喜んでもらえるかどうかはわからない。でも、これは「風のシネマ」じゃなきゃ絶対にできない、おじいちゃんへのお祝いだ。


「いらっしゃいませ」

池のそばに植えられている柿の木の下を通り、緑の門の前で出迎えると、瑛二おじさんが押す車いすに乗ったおじいちゃんは「ああ、どうもどうも」とニコニコして頭を下げた。

おじいちゃんはジャケットの中にベストまで着て、茶色のハンチングをかぶっている。緑色に塗られた門と、「風のシネマ」の看板を見つめると満足そうにうなずいた。瑛二おじさんが「入るよ」と声をかけてそっと車いすを押した。桐谷くんは、その様子をずっと撮り続けている。

中に入るとおじいちゃんは、「おお、こりゃあすごい」と声をあげた。

縁側から庭を眺める。いつもカエルがいた場所に、今日は赤とんぼが留まっていた。

そして、桐谷くんがいつもいすを置いている場所に行くと「ここで見るわ」と言った。

桐谷くんが、アヒルの柄のいすを持ってきて、横に座った。

「お、このいすは」

おじいちゃんがなつかしそうな顔をした。桐谷くんが優しくうなずく。

りょうさんはおじいちゃんをはさんで隣に座った。

おじいちゃんがスクリーンを見つめる横顔は、いすをもらってきた日の桐谷くんの横顔に、とてもよく似ていた。これから、ここで映画が見られるんだ。この島で、自分の生まれ育った町で。

あの時は、それがどんな感情なのかよくわからなかった。ただ、桐谷くんの高揚した雰囲気が伝わってきただけだった。

でも、今ならわかる気がする。

シネマに訪れた人たちの頬が上気していたこと。

映画が終わったあとの目が、輝いていたこと。

そして、ほとんどの人がカフェに残って、映画や「風のシネマ」の感想を語り、しあわせそうな顔で帰っていくこと。

いろんなことを思い出しながら、私は暗幕に手をかけた。

暗幕をひく瞬間が好きだ。

こんな私でも、「さあ、これから旅に出ますよ」という合図を送れる気がして。

ざわめいていた館内の声が一気に落ち着くと同時に、映画への期待が満ちてくる時間。

瑛二おじさんと父が座るのを確認して、私は暗幕をひいた。

――ブーッ……

映画開始のブザー音が、いつもよりも静かに鳴る。

波がひくように、照明が落とされる。みんなが息を呑み、静寂の中でスクリーンが開いた。

「ニュー・シネマ・パラダイス」は、イタリアのシチリア島にある小さな村が舞台だ。

第二次世界大戦後まもない時代。幼い少年トトの住む村での唯一の娯楽は、教会が運営するパラダイス座での映画鑑賞だけ。

トトは映画館に通い、映写技師のアルフレードのいる映写室にいつも入り浸っていた。

村の司祭は厳しく映画を検閲して鈴を鳴らし、キスシーンをすべてアルフレードにカットさせている。お客はがっかりして不満を募らせているが、そのカットの技術が巧みだったアルフレードをトトは尊敬していた。

こんな時代があったんだ、って驚く。

最初はトトをじゃまに思っていたアルフレードとの間に友情が芽生え、映写技師の仕事を習うまでになる。トトはカットしていたフィルムをほしがるけれど、配給会社に返却する時に、元どおりにする必要があると拒否される。

トトはパラダイス座の火災が原因で視力を失ったアルフレードの代わりに、映写技師として働くようになるけれども「外の世界を見て来い」と言われ、ローマに旅立つ。

最初は、少し古くさいイタリアの映画なんて、退屈なんじゃないかと思った。

でも、トトのかわいい笑顔を見ていると、ぐんぐん映画の世界に引き込まれていった。

「風のシネマ」ってパラダイス座と、少し似てる。

今の映画はデジタル化されているものが主流らしいけど、「風のシネマ」の入り口に置いてあるような映写機を扱っているアルフレードの姿と、島の人たちに映画を提供しているさっこちゃんがだぶった。

この時代のように、上映中に平気で出入りしたり、大声でしゃべったり、お客がみんなではやし立てて盛り上がったりすることはなくても、最後に拍手が起こり、島の人が映画を求めて集う場所であることは同じだ。

そして、ラストシーン。

映画監督となって成功したトトは、アルフレードの葬儀に出るため、三十年ぶりに故郷に帰る。そして「トトに」と遺族に渡されていた、アルフレードの形見を受け取る。

それは、幼いころのトトが見たくても見られなかった、一本のフィルムだった。

かつて検閲でカットされた、ごく短いキスシーンばかりをつなげたものだったのだ。

試写室で、少し笑いながら涙をこぼすトトを見て、私も胸に何かがこみ上げてきた。

アルフレードは、トトとの約束をずっと忘れていなかった。

トトの才能を信じていたアルフレードが、島に帰ってくるなと強く言ったため、三十年間故郷にもどらなかったトトとの約束を。

それはトトが幼いころ、自分が保管することを条件に、カットしたフィルムをトトにあげるという約束だった。

別れ際にトトの首すじに触れたアルフレードの手のぬくもりが私にも伝わってくる気

がした。

……私も、いつか自分のしていることを、愛せるようになれるだろうか。

そんな気持ちが満ちてくるのと同時に映画のエンドロールが終わった。

だれかの洟をすする音がする。

おじいちゃんの「コホッ」という咳払いが聞こえた。

みんなと一緒に見ていたことを、今、思い出した。

映画館って、たくさんの人と一緒に同じ時間を過ごす場所だと思っていた。

でも……そうじゃなかった。隣に人がいても、自分一人になれる場所なんだ。

映画を見ることは、携帯にも、チャイムにも、外の音にも、自分の中の雑音にもじゃまされず、今の私の感覚だけに集中できる時間を手に入れるってことなんだ。

いったん暗くなったスクリーンに、再び光があふれた。

「えっ」

おじいちゃんが驚いた。

スクリーンからりょうさんの「ほら、父ちゃん、早くしないと入学式に遅れるよ」という若々しい声が聞こえた。

スクリーンには、着物を着たりょうさん、そしてランドセルを背負った瑛二おじさんの少し古い映像が映っている。

次に開店のお花であふれた「洋食＆喫茶　きりたに」の外観が、波の音とともに映し出されてた。

「これ……おれの撮った映像じゃねえか」

おじいちゃんがつぶやいた。

桐谷くんがいたずらっ子のように輝いた目を私に向けた。

私は桐谷くんに、映画の上映のあと、おじいちゃんと桐谷くんが今まで撮った家族の映像をスクリーンで流すことを提案していた。

そして、さっこちゃんに「ニュー・シネマ・パラダイス」の上映のあとに、すぐ見られるようにお願いしておいたのだ。

瑛二おじさんと桐谷くんのお母さんの結婚式。おじいちゃんは泣いて挨拶できなかった。

そして、赤ちゃんのころの桐谷くんが現れた。

ふええ、ふええ、と泣いていたのに、りょうさんがバスタブに入れると泣き止んだ。

「今日は、初めて瑛太と新潟シネマに来ました」

おじいちゃんがナレーションを入れながら映画館の前に立って「イエーイ」と高い声でピースしている桐谷くんを映し出した。

そして、最後におじいちゃんとりょうさんと桐谷くんの、夕焼けの中のシルエットが現れた。

私が、選鉱場の帰りに撮った三人の後ろ姿だった。


「本日の上映はこれをもって終了いたしました。ご来場、まことにありがとうございました」


さっこちゃんのアナウンスが流れる。

パン……パン……。

おじいちゃんが拍手を始めた。それに呼応するように、拍手が重なる。

照明がゆっくりと明るくなる。暗幕を開けると、一気に光が差した。

おじいちゃんを見ると、顔全体をぬらしたように泣いていた。

りょうさんも、ハンカチを鼻に当てて真っ赤な目をしている。

「さっこ、ありがとう」

おじいちゃんが洟をズズ、とすすってさっこちゃんに頭を下げた。

「いや、本当にいい映画だった」

「瑛一さん、初めて見たようなこと言って」

さっこちゃんがコロコロ笑うと、おじいちゃんは顔を両手でこすった。

「まさか、この町で映画が見られるとは思わんかったなあ」

おじいちゃんは顔をこすり続けた。

「おれの撮った映像も、あんな大きいスクリーンで見られるなんてなあ」

りょうさんがうなずく。

「あれ、瑛太が編集したんだろ。そうだろ?」

おじいちゃんが言うと、桐谷くんは「当たり前じゃん」って顔をしてうなずいた。

「史織のアイデアだけどね」

桐谷くんがそう言って、私の顔を見た。

えっ、今、私のこと、名前で呼んだ？

「……そうだったのんか。史織ちゃん、ありがとう」

りょうさんがそう言うと、おじいちゃんも「どうも、ありがとね」とまた頭を下げてくれた。

私の胸がジンと熱くなった。

2

パーティーの料理が並べられると、おじいちゃんはハンバーグに近づいて鼻をくんくんさせた。

「ん？　なつかしいにおいがするな」

「わかった？　洋食屋さんで瑛一さんが出してくれていたハンバーグ、りょうさんにレシピを教わって作ってみたのよ」

「おお、そりゃあ楽しみだ」

おじいちゃんが目を細めると、父がビールやワインをテーブルに並べ、みんなで乾杯した。

桐谷くんと私は、もちろん炭酸だ。

「桐谷くん、良かったね」

「いいアイデア……アリガトウゴザイマス」

桐谷くんが棒読みだけどめずらしく素直にお礼を言った。

「じーちゃんと映画見たの、久しぶりだったわ」

「おじいちゃんの映像も、良かったたね。若いころのおじいちゃんもすごく似てたね」

「だれに？」

「桐谷くんに決まってるじゃん」

「おいおい、かんべんしてくれ」

「当たり前だけどさ、顔だけじゃなくて、声も変わるよね」

小さいころの桐谷くんは、かわいいボーイソプラノだったのにびっくりした。

でも、ほんの少しだけど私の知らない桐谷くんが見られてうれしい。

「人生で、どれだけ声って変わるんだろうな。やっぱ、映像っていいよな」

「ギャハハ」と笑い声がしたので目を向けると、私の父の首に腕を回して、もう酔っ払っている瑛二おじさんだった。

「おじさん、楽しそうだね。おじいちゃんも……うれしそう」

桐谷くんはハッとしたようにおじいちゃんに目を向けた。

車いすに乗ったおじいちゃんは、瑛二おじさんを入学式の時と同じような優しい目で見つめていた。


庭の見える縁側に座ると、桐谷くんがつぶやいた。

「おれ……見逃したくねえな。全部」

そう言った桐谷くんは、今まで見た中で一番真剣な横顔をしていた。

「最初は、じいちゃんに言われて、病院で見せようと思っていろいろ撮ってたんだ……でも、やっぱ、いつかおれも撮ってみてえな。佐渡で、あんな映画」

桐谷くんはまぶしそうな目で今は何も映っていないスクリーンを見つめた。

「……なーんてね」

頬をかくと、桐谷くんは白目をむいた。

「すごいなあ、桐谷くんは」

吹き出しながら言った。

桐谷くんはいつもみたいに「だろっ」とえらそうに返してくるかと思ったけど、まじめな表情をくずさなかった。

「一花も、桐谷くんも、夢があるなんて、すごいよ」

「あいつと一緒にするな」

桐谷くんがでこピンのまねをしてきた。

庭の小さい紅葉が風に揺れる。

「でもさあ……一花くらい才能があればな〜」

桐谷くんが大きなため息をついた。

「保育園のお絵描きの時から、あいつ、もう、めっちゃうまくてさ」

「そうなんだ……」

胸の奥がジクジクする。

本当は、もう聞きたくない。

桐谷くんが素直に一花をほめる言葉なんて。

あーあ。私って小さいヤツ。

「うちで一緒に粘土とか作ったけど、あいつの方がうますぎてぶっ壊してやったわ」

「ひどっ」

「それがさ、全然怒らないでもっとうまいやつ作ってくるんだ、あいつ」

桐谷くんが口をへの字に曲げた。

嫉妬の気持ちがひっ込んで、思わず笑ってしまう。

「一花は、自分の中に表現したいものがいっぱいあって……爆発させてる感じだよね」

「そーそー。げーじゅつか、って感じ」

桐谷くんがすねたように目を細める。

「あんなセンスがあれば、いい映画撮れるんだろうけどな。おれのはほんの遊びだよ、遊び」

「めずらしいじゃん、桐谷くんがそんなこと言うなんて」

「……そう？　あー、なんか今日、調子くるうわー」

桐谷くんがくしゃくしゃと頭をかいた。

「桐谷くんの写真や映像は……一番いいところを見つけて、光を当ててる感じがする」

「そりゃ、基本、そうやって撮るでしょ」

「ううん、桐谷くんが撮ると、この人、こんないい笑顔するんだ、こんないいところがあったんだ、って新しい目で見られるっていうか……気づかされるっていうか……」

桐谷くんがはずかしそうに鼻をこすった。

「いつもみたいに『そうだろー』って言わないの?」

「……言わない」

桐谷くんは口をとがらせた。

「おれ……一花みたいに表現したいものなんてあんのかな、って思っとった」

桐谷くんは振り返るとシネマの中を見た。

「でも、もう、近くにあるのかもしれねえな」

私はうなずいた。

「そうだよ。もう、撮ってたんだよ」

桐谷くんがカメラを持つ。Tシャツをまくったしなやかな左腕で大切にレンズを支える。

「やっぱおれって天才だな」

「うん、天才天才。二人とも天才」

桐谷くんが一花のこと、熱心に見つめている気がしたのは、一花の才能にあこがれていたからなのかな。

才能にあこがれてる、ってことは、一花にあこがれてる……ってことにならないのかな？

ま、いいか。桐谷くんが元気になってくれただけで。

「今日はいろいろ、どうも、お世話になりました」

桐谷くんが、改まった口調で言った。

「何よ、急に……。私なんて、何もしてないし」

「……まあ、史織はいつもだれかのために一生懸命じゃん？」

桐谷くんがぼそぼそと言った。

えっ、今、なんて……？

「あれ？　よく聞こえなかった」

「はあ？　おまえ、うちのじいちゃん並みの聴力だな」

「桐谷くんの声が小さいんだよー」

私もでコピンのまねをすると、ドキドキする胸の奥で思った。

（私も……映画作り……手伝えないかな）

そう思ったけど、絶対口には出せない。

本当に、やりたいって思ってるのか、ちゃんと考えたい。

ただ、桐谷くんの夢にのっかるだけじゃ、今までと変わらない。

でもいつか……本気で言える時がくるといいな。

桐谷くんがシネマの中にもどると、おじいちゃんに声をかけた。

その後ろの壁のポスターの中では、「ニュー・シネマ・パラダイス」のアルフレードとトトが自転車に乗って笑っていた。

第13章 母

1

「明日、金曜日からは今年最後の非常に強い寒気が流れ込みます。日本海側は大雪に警戒が必要です……」

ニュースのお天気担当のアナウンサーが、薄手のニットとウエストをしぼったスカートで告げた。

十二月に入って、今日でもう何回目だろう。寒気って言葉を聞くのは。

「あしたまでに乾くかなあ」

ガスストーブの前に新聞紙を敷いて、学校に履いて行ったブーツを置く。

雪が降った時は、学校指定のダサいスニーカーじゃなくて、ブーツを履いて行っても
いいことになっている。

「ただいま」

父が「うう、寒い」と言いながら帰ってきた。

「お帰りー。あ、頭に雪がついてるよ」

「ああ、また降ってきたぞ」

父は鼻を赤くして言った。

今年は例年より積雪量が多いらしく、まだ十二月なのに雪が積もった日が二回もあった。

さっこちゃんが夕食のおでんを食べ終わると、私たちに言った。

「今晩は凍結するかもしれないから、水道の水はチョロチョロと出しっぱなしにしてお

くからね。最後に使う人は止めないようにね」

「はーい」

「最低気温はマイナス五度か……。庭の水道には布も巻いておいた方がいいかもな」

「じゃあ、お願いね」

私はコンニャクを食べながら、どこかひとごとにみたいにそのやりとりを聞いていた。

新潟にいた時も、冬は何度か母が水を出しっぱなしにしている時があったけれど、水道が本当に凍結したことはなかった。

それよりも、私にとっては年末が近づいていることの方が気がかりだった。

年末年始は、どこで過ごすのだろう。

さっこちゃんと父は何も言わないけれど、父と私が新潟のマンションへ行って過ごすのだろうか。

それとも母が佐渡に来るのだろうか。

そして、そのうち、本当に引っ越してくるのだろうか。

ヒュー––ッ　ババババッ　ババババッ

窓の外に風雪が吹き付ける音が続いた。屋根に雪が積もっているせいか、ギイィときしむような音も時々聞こえる。

それでも私の頭の中は、母のことでいっぱいになっていた。


――トントントンッ。


「……おり……しおり……起きて……」

ぼんやりと目を開けると、部屋の外から父の声がした。

「史織！　起きなさい」

えっ、何？

目覚ましを見ると、六時をさしていた。

いつも私は六時半まで寝ているけれど、自分で起きている。父が起こしにくるなんて、どうしたんだろう。

入り口の戸を開けると父が険しい顔をしていた。

「断水だ」

「えっ」

「水道の水が出ない。ご近所もみんな止まっているらしい。お父さんは学校の様子を見に行くから、もう家を出る。史織はおばあちゃんを手伝ってあげてくれ」

「う、うん」

うなずくと父はダダダッと階段を駆け下り、見送るまもなく出て行った。

急いで着替えてリビングに行くと、さっこちゃんが電話をしていた。

「そう、やっぱり朝子のとこも？　えっ、お隣さんが？」

さっこちゃんが電話を置くと、「史織、町全体が断水みたい」と言った。

「朝子の家は、隣の家の水道管が破裂して水が噴き出しているんだって。ちょっと外を見てくるね」

キッチンに行って水道をひねった。夜、出しっぱなしにしていたはずなのに、本当に止まってしまっている。

外に出ると、きのう下校した時よりも数十センチも高く雪が積もっていた。

庭は真っ白で、門やブロック塀の上にもこんもりと雪がのっている。

郵便局のおばさんとさっこちゃんが指を差してしゃべっている方向を見ると、夏だけ使われていてふだんは空き家になっている家の庭から水が噴き出していた。

「水道管が破裂しとるわ」

おばさんが持っていた携帯で水道局に電話をかけたけど「話し中」と言って首をふった。

家にもどるとすぐに、さっこちゃんの携帯に中学校からメールが入った。

「今日は休校だって」

「ええっ」

「史織、ご近所にペットボトルを配りに行くよ」

「う、うん」

さっこちゃんは物置を開けた。

夏のおばけ屋敷で使ったお墓の横に、ペットボトルの入った段ボール箱がたくさん積んである。カフェでコーヒーを淹れるのに使っている、佐渡の天然水だ。

「お店が開くまで時間があるし、開かんかもしれんし」

コンビニ近くにないしねえ、とつぶやきながら、さっこちゃんは段ボール箱を開けた。

私は近所に配り終えると、ペットボトルを二本持って一花の家へ急いだ。

佐渡全体の断水は、一万世帯以上におよんだ。

自衛隊に災害派遣要請が出され、各地に給水所が設けられた。

空き家が多く、雪で漏水元がわかりづらいことで復旧のめどが立たず、断水が長引いているらしい。

夕方になると、ようやく水が出た。

「良かった。これであさっては営業できるわ」

さっこちゃんがほっとしたように言った。

「えっ、営業するの？」

テレビでは断水と大雪のことで持ちきりだ。

まだ復旧していない地区もあるらしい。

「お客さん……来ないんじゃない？」

小さい声で言うと「それでもいいんだよ」とさっこちゃんはほほえんだ。

日曜になった。雪はやんでいたけれど、門の前にどっさり積もっていた。

お父さんはブロック塀の上や、シネマの入り口の屋根の雪を落ろし、私は門の前の雪かきをした。そして緑の扉にラミネートをして貼ってあるチラシをていねいにふいた。

第一回目上映時間の十時半になっても、だれもお客さんは来なかった。

「『風のシネマ』、オープンして初めてお客さんゼロだわあ〜」

さっこちゃんはだれもいない場内の後ろに立つとカラカラと笑った。

笑い声が場内に響く。

「まあ、こんな時だからしかたないよ」

父がなぐさめると、さっこちゃんがつぶやいた。

「それだけ、今までずっとだれかが足を運んでくださっていたんだよね。こんな島の小さな映画館に」

私が大きくうなずくと、家の玄関のインターホンが鳴った。

「あれっ、お客さんじゃない？」

「でも、うちの玄関の方だぞ」

「よくシネマの入り口と間違えるお客さんがおるんだよ」

さっこちゃんの声がはずむ。

私は急いで玄関の戸を開けて息を呑んだ。

「史織……」

白い顔をした母が、そこに立っていた。

2

さっこちゃんがリビングに母を通す。

父が母の向かい側に座り、父の隣にさっこちゃん、私はさっこちゃんの隣、一番端っこの席に座った。

(お母さん、どうして急に……)

父が月に一度、新潟のマンションにもどる時も、夏休みも、私はついて行かなかった。

母とは半年以上会っていなかった。

もともと細身だったけれど、さらにやせて、頬がこけている母を見て、少し胸が痛んだ。

「断水のニュースを見て、心配で……」

さっこちゃんがお茶を出すと、頭を下げながら母はささやくように言った。

声も久しぶりに聞いた。

「連絡してくれれば良かったのに」

「……来るなって、言われそうだったから」

父の言葉に母は静かに返した。

またインターホンが鳴り、さっこちゃんがリビングから出て行く。

会話のないままお茶を飲み続けると、

「史子さん、お客さんが来たからちょっと失礼するわね。ごゆっくり」

さっこちゃんが頭を下げて、またパタパタと出て行った。

何も言わず、私も席を立った。

「史織、今日はお手伝いはいいから」

父が目で座るようにうながす。

「だって、さっこちゃんだけじゃ、大変だよ」

私は視線を払いのけるように、ドアに向かった。

「史織」

母が私の名前をはっきりと呼んだ。

無言で母の目を見ると、笑顔で見つめ返された。

「……やっぱり、新潟にもどってこない？」

全身がスッと冷たくなる気がした。

終わりだ。連れもどされるんだ。

呼吸が荒くなる。

「史織が心配で、どうしようもなくて……。コンビニもないし、大きいスーパーも近くにないし、どうしてるかなって」

「さっこちゃんといたから……大丈夫」

なんとか言葉を返すと、母は感情があふれたみたいに早口になった。

「勉強はどう？　やっぱりいい塾もないみたいだし、これじゃ新潟にもどってくるにもいい高校に入るのは難しいんじゃないかって、史織が心配で……」

勉強……？

断水で心配して来たんじゃなかったの……？

……今、そんなことを言いに、わざわざここまで来たの？

新潟にいた時の私は、母の「心配」っていう言葉にいつも心が揺れた。

厳しくても、私のことを考えてくれているんだって、そう思いたかった。

でも、今は違う。

「なんで……」

私の心の奥から、黒くてドロドロしたものがせり上がってきた。

「なんでこんな時に勉強のことなんて聞いてくるのっ！」

気がついたら、叫んでいた。

お客さんに聞こえるかもしれない。さっこちゃんを心配させるかもしれない。

そんな配慮は吹き飛んでいった。

「お母さんは、自分が心配なんでしょ」

「何を言ってるの？　史織の将来のために考えてるんでしょ」

母の声もだんだん大きくなる。

「将来のため？　将来って何？　お母さんが望んだとおりに生きればしあわせな将来につながるの？　だったら、今の私はなんなの？　将来のためのつなぎなの？」

心臓がドクドクと脈打つ。

なんでこんなに怒りがわき上がってくるんだろう。

そうか……。私、くやしいんだ。

忘れよう、あきらめようと思っても、いつかわかってくれるかもと、心のどこかでは期待していた。

いつか気持ちが通じるんじゃないかって願っていたんだ。

距離を置けば、お母さんも少しは歩み寄ってくれるんじゃないかなんて。

自分がふつうじゃないんだ、できそこないなんだ、って思い込んでいたのは、母を信じていたかったからなんだ。

ほんと……ばかみたい。

そんなことを少しでも期待していた自分が情けない。

「お母さんは勉強も仕事も、いつも反対されて応援してもらえなかった。でもお母さんなら、いろんなものを史織に与えてあげることができる。本当に史織のことを考えているのはお母さんだよ。ここは居心地がいいかもしれないけど、責任がないもの」

……責任？

「そりゃ、好きなことばっかりやって、楽ができてれば、そっちの方がいいと思うに決まっている。でも、それじゃこの先どうなるの？　お母さんには損させているようにしか見えない。史織の時間をむだにしているようにしか……。史織には、将来があるのよ。本当にそのことを考えてあげてるのはお母さんだけなの！」

母の頰が紅潮して、ズブズブと私の中に入り込もうとしてくる。

いやだ！

もう……入り込ませない！

私のことは、もう何も教えないし、お母さんの声も聞きたくない！

「史子、そのことはずっと話し合ってきたのに、約束をやぶるのか？」

父がたしなめるように言うと、母の口調はますますきつくなった。

「あなたはいつもいい顔ばかりしているけど、今を楽しんでばかりで将来どうなるかなんて子どもにはわからないでしょう！　それを教えて道を示してあげるのが親の役目なんじゃないの？　甘い顔して今を楽しみなさいって放置しておくのが親なの？」

「……じゃあ、史織は中学生になってから笑顔を見せたことがあったか？」

母が何か言いかけて口をつぐむ。

「佐渡に来てから……おれから見ても史織は元気になったよ」

母の顔がゆがむ。

「佐渡で暮らすことが、史織のためにならないと決めつけるのは早いよ。おれは、もう少し一緒に過ごしてみたいと思う。君が最良と思う道が、史織にとっての最良の道かどうかは……」

父が私を見つめた。

「史織が決めることだ」

決めて、いいんだ。私が、自分で……。

まだ、終わりじゃないんだ。

ここにいれば、私は、私が本当に好きなこと、やりたいことを見つけられそうな気がする。

まだ何がしたいのかわからないし、だれも教えてくれないし、押し付けてくれないし、自分で選ぶのはすごく不安で孤独だ。

でも、自由だ。

自由って、自分で決められることだ。

ドアの向こうから、さっこちゃんの声がかすかに聞こえてくる。

桐谷くんや一花の顔が浮かんでくる。

今を……終わりになんてしたくない！

母も私の顔を見つめる。

「お母さん……」

のどの奥が強く押されたみたいにぐっと重くなって、おなかに力を込めないと、吐いてしまいそうだ。

ジンジンと体が熱くなっていく。

私が佐渡に来てからの日々は、ずっと、ずっと、この言葉を言うための助走だったのかもしれない。

言わなきゃ……。

言え、言うんだ。

「私は、まだここにいたい。新潟にはもどらない」

「……何を言ってるの」

母は信じられない、という表情で私を見た。

ずっとずっと笑顔が見たかったのに。

結局、私は母を笑顔にすることはできなかった。

でも、いい。

もう、母のいい子じゃなくて、いい。

――「ママ」

小さいころの私の声がする。

――「おかーさん」

まだ、母を信じていたころの私の甘えた声がする。

ママ……ママ……。

おかーさん……お母さん……。

私の中に、もう、母の言うことを聞くだけの娘という役割はない。

私の居場所は……どこかにあるんじゃない。

私が私の中に作る。きっと、作れる。

「……お母さんっ……もう……私、……お母さんの……言いなりにはならないっ」

胸がバリバリと音をたてて破裂しそうだ。のどが痛い。頭がジンジンする。

涙があふれて、まぶたが、目が、熱くて重い。

母は真っ青な顔で唇をふるわせた。

「じゃあ、お母さんが佐渡に来ても……いい？」

地面がぐらりと揺れる気がした。

お母さんが、来る？

ずっと住みたくないって言ってた、佐渡に？

もう一度母を見つめた。

やせただけじゃない。私が手元にいなくなって空っぽなんだ。もう一度、そこを埋めようと必死なんだ。

当たり前だ。ずっと、私を育てることだけが生きがいだったんだから。

生きがいが、いなくなる。そうなったら、母はどうなるのだろう。

想像すると、私まで怖くなる。心がぐらぐらと激しく揺さぶられる。

でも……一緒にいたら、私が空っぽになる。

薄情で冷たくて恩知らずな子かもしれない。

でも、もう自分にうそはつけない。つきたくない。

「それは、私が決められることじゃない」

声をしぼり出す。

「だけど、お母さんがもし、佐渡に住むことになったとしても……」

おなかにぐっと力を込める。

「……なったとしても……もう、私をお母さんの心を満たす手段にしないで」

母がふらっとして、父がとっさに支えた。

「私をお母さんの目標にしないで！　夢にしないで！」

母が耳をふさいで首をふった。

「お母さんは、自分で夢を見つけてよ……。私は……私なの！」

何も言わないお母さんの体から、悲鳴が聞こえる気がする。

ひどいことを、言ってしまったかもしれない。

でも、叫び終わると、ずっと心のどこかで震えていたものが、おさまるような気がした。

そして私の体の軸がまっすぐになって、ここに、刺さった気がした。

ここに。今、私の立っている場所に。

第14章　私の居場所

トンネルを抜け、橋の上から町を見下ろす。

あしたから春休みなのに、まだ吹き上げてくる海風は冷たい。

でも、ずっと鉛のような色をしていた海が今日は深い青に変わっている。町の色も白く光って見える。

（もうすぐ一年たつんだ……）

引っ越しの日は海が荒れて大変だったな。あの日はどこまで波が立っていたんだろう。

ぐっと身を乗り出すと、「おい、あぶねえぞ」と桐谷くんが声をかけてきた。

「あれっ、まだ学校にいたの」

私が聞くと「新田ちゃんにつかまってた」と桐谷くんが隣に並んだ。

「春から、芸術部の部長やれって」

私はくすっと笑った。

「うんうん。適任だと思う」

「史織と一花、グルになっておれを推薦したな」

桐谷くんがにらむ。

「だって、一花が瑛太は部長になって内申上げないと行ける高校がないって言ってたから……」

「ひどっ。あいつの方がサボりまくってヤバイんじゃねーの」

桐谷くんがすねた顔をした。

「史織はさ……中学卒業したら、新潟にもどるかもってオヤジが言ってたけど、どうなの？」

私はしばらく海を見つめた。


あの断水の日、インターホンを鳴らしたのは桐谷くんだった。さっこちゃんと私が困っていないか、見に来てくれたのだ。

私と母の叫び声も、きっと聞こえていた。でも、桐谷くんはそのことにはずっと触れずにいてくれた。

あのあと、父に送られて新潟にもどると母は電話をかけてこなくなった。
お正月は佐渡でさっこちゃんと父と三人で過ごした。
父は今までどおり一カ月に一度は新潟にもどっている。
私には、きのう、母からの進級祝いと短い手紙が届いた。

史織へ

進級おめでとう。
あっという間に三年生だね。
あの小さかった史織が、もう中学校最後の年だなんて、なんだか信じられません。
進級のお祝いを贈ります。
史織の好きなことに使ってください。
お母さんより

お祝いは、てっきりまた母の選んだ母の好みのものを送ってきたかと思ったら、現金書留に入った、新札だった。

母の送ってきた服を押入れにしまった時よりも、電話を切ってしまった時よりも、母が佐渡にやってきた時よりも、体が何かにしめつけられるような気がした。

ずっとずっと胸が痛んだ。

母がこれから佐渡に来るのか、新潟に残るのか、それは何も書かれていなかった。

でも、もうどちらの選択をしても受け入れられる気がした。

そして、自分がどうしたいのかだけは、はっきりとわかる。

私は新札を顔に近づけると、においをかいだ。

いいにおい。

シワのないきれいなお札を両手の指で広げる。

すぐに使いたい。

もう押入れや引き出しに、しまい込んだりしない。

私はお札を財布に入れると、初めて佐渡にやってきた日のように「あはははっ」と笑って、ふとんの上をゴロゴロと転がった。

「私は……一花と同じ高校に行きたいな」

「えっ、佐渡にいるの、ずっと？」

「うん。私も今の成績なら行けるって、先生が言ってたし」

今は、あんなにつまらなかった勉強が楽しく感じられる。

字幕なしで映画を見たくなって、英語には特に力を入れて勉強するようになった。

アメリカ、フランス、イタリア……いろんな国の、いろんな年代の映画があることを
知って、地理や歴史にも興味がわいてきた。

勉強が、嫌いだったわけじゃなかったんだ。

一緒の塾に通っている子たちが、なんで勉強をしているのに楽しそうなんだろうって
不思議だったけど、きっとあの子たちは、自分で決めて通っていたのかもしれない。

今、ようやくそれがわかってきた。

うわーマジかーとブツブツ言ったあと、桐谷くんは私を見た。

「おれも本気出せば、行けるよな」

苦笑すると、桐谷くんが私の髪をぐしゃっとした。

「史織、今、笑っただろ」

「笑ってない」

夏に幽霊役をやった時にも、髪をぐしゃっとされたことを思い出して、胸がドキッとなった。私は手すりから手をはなして背を伸ばした。

「あれっ」

「ん？」

「桐谷くん……背、伸びたね」

「そうか？」

足元を見ると、制服のズボンの裾が短くなっている。

「史織は……太ったな」

「う、うるさいっ」

カバンでたたくまねをすると、「ま、その方がいいけど」と桐谷くんがぼそっと言ってトンネルに向かって歩きだした。

「家、反対方向ですよ」

私がつっ込むと「じいちゃんの病院に行くだけー」と言って桐谷くんはずんずん歩いてから振り返った。

「おせーぞ」

そういえば、声も完全に低くなった気がする。

「私も、一緒に行くー」

一年前より広くなった背中を、私は追いかけた。


春休み最初のシネマの定休日、私は階段下の収納スペースの扉を開けた。

赤い千鳥格子のいすを取り出すと、両手でシネマまで運ぶ。

今日は、四月から上映する作品の試写会の日だ。

さっこちゃんと二人きりで映画を見る日。

私はいすをいつもの場所に置くと縁側から庭を見て、一年前、引っ越して来た日の光景を思い出した。

今日は晴れて、池の水があたたかい日差しを反射して光っている。

暗幕をひくと、場内のダウンライトだけがともった。

さっこちゃんがライトを消し、完全に暗くなった場内にアナウンスが響く。

「本日は、ご来場ありがとうございます……」

真っ白なスクリーンに光と花があふれ、さっこちゃんが隣のいすに座る。

目が合うと、さっこちゃんは優しい笑みを浮かべた。
私もほほえみ返すと一度だけ深呼吸をして、新しい旅へ足をふみだした。

この話を執筆するにあたり、２０１７年に佐渡島で開店した「Caféガシマシネマ」様に取材させていただきました。この場を借りてお礼を申し上げます。ありがとうございました。外観やシアター内部は「風のシネマ」のモデルにさせていただきましたが、営業日、上映内容、スケジュール等は異なっておりますのでご了承ください。また登場人物、内容はすべてフィクションです。

〈作〉
高田由紀子（たかだ ゆきこ）
千葉県在住。新潟県佐渡市出身。地元新潟への思いが深く、自身が生まれ育ったお寺を舞台に少年の心の成長を朗らかに描いた『まんぷく寺でまってます』（ポプラ社）でデビュー。二作目『青いスタートライン』（ポプラ社）も佐渡が舞台。「季節風」同人。日本児童文学者協会会員。

〈絵〉
pon-marsh（ポン マーシュ）
福島県在住。装画や挿絵等を中心にイラストを描いている。

装幀●こやまたかこ

君だけのシネマ

2018年8月3日　第1版第1刷発行
2019年4月8日　第1版第2刷発行

作　高田由紀子
絵　pon-marsh
発行者　後藤淳一
発行所　株式会社ＰＨＰ研究所

東京本部　〒135-8137　江東区豊洲5-6-52
児童書出版部　☎03-3520-9635（編集）
普及部　☎03-3520-9630（販売）
京都本部　〒601-8411　京都市南区西九条北ノ内町11

PHP INTERFACE　https://www.php.co.jp/

制作協力
組　版　株式会社PHPエディターズ・グループ
印刷所　株式会社精興社
製本所　東京美術紙工協業組合

ISBN978-4-569-78782-4

NDC913　301P　20cm